拾珍译丛

斜 面

〔墨〕阿尔丰索・雷耶斯 著
赵德明 译

El Plano Oblicuo

Alfonso Reyes

漓江出版社

图书在版编目（CIP）数据

斜面 /（墨）阿尔丰索·雷耶斯著；赵德明译．—桂林：漓江出版社，2017.12（2018.5 重印）
ISBN 978-7-5407-8336-5

Ⅰ.①斜…　Ⅱ.①阿…　②赵…　Ⅲ.①短篇小说—小说集—墨西哥—现代　Ⅳ.①I731.45

中国版本图书馆 CIP 数据核字（2017）第 269359 号

策划编辑：陆　源
责任编辑：陆　源
助理编辑：孙静静　林培秋
责任监印：周　萍　黄菲菲
封面设计：周伟伟

出版人：刘迪才
漓江出版社出版发行
社址：广西桂林市南环路 22 号　邮政编码：541002
电子邮箱：ljcbs@163.com
网址：http://www.lijiangbook.com
热线销售：010-85893190-805

印制：三河市西华印务有限公司
开本：880mm×1230mm　1/32
印张：3.5　字数：50 千字
版次：2017 年 12 月第 1 版　印次：2018 年 5 月第 2 次印刷
定价：28.80 元

目录

译者提示

这个短篇小说集收集了作者阿尔丰索·雷耶斯（1889—1959）写于1912—1914年的作品。当时的墨西哥文坛处于浪漫主义后期的影响之下，但是已经出现了明显向现实主义文学过渡的迹象。读者会感受到雷耶斯小说中浪漫激越的气息与重视细节描写的现实主义特点。这时的欧洲文学已经转向了现实主义和超现实主义。雷耶斯的写作意图在于批判墨西哥知识界流行的唯利是图的实证主义风潮，主张精神自由和独立思考。在艺术上，他努力发掘欧洲和墨西哥的古典精华，坚持在人文科学领域要掀起一场新的文艺复兴运动。他在1911年出版的《美学问题》中明确提出要继承古希腊、古罗马的文艺传统，继承西班牙黄金世纪留下的辉煌成就。这些主张在这部短篇小说集中都有出色的表现。

雷耶斯的小说题材来源，有对古希腊、古罗马故事的阐释和批评，对荷马史诗的看法，也有对墨西哥本土社会生活的关注，尤其是关注宗教思想的变化。他认为，一个没有信仰、精神文化的民族是行尸走肉。例如，在《芳香巧克力共和国》里，他把百姓的生存与精神文化紧密联系起来思考。

关于阿尔丰索·雷耶斯在拉美文坛上的地位，意大利著名拉美文学史教授朱塞佩·贝里尼在他的《西班牙美洲文学新史》[①]写道："20世纪西班牙美洲最具人文主义文化表现力的大师，毋庸置疑，当属阿尔丰索·雷耶斯。他的文学、历史、艺术和自传性质的散文，一向都是高级的美学创作，都是完美的艺术品和情趣高雅的文学之作。他是墨西哥思想文化生活的引领者。"

1993年西班牙马德里联盟出版社出版的《西班牙和西班牙美洲文学大词典》给阿尔丰索·雷耶斯的评价是："雷耶斯善于把现在与过去结合起来，旨在调和传统性和现代性之间的矛盾。他深知墨西哥拥有丰厚的印第安文化传统，并且热爱这个传统；同时，他接受的是古希腊、古罗马以来的欧洲文化教育，尤其是人文主义教育。他明白人文性是墨西哥文化传统的重要组成部分，放弃这个传统等于是放弃自己的文化生命之根，尤其是他发现：墨西哥的阿纳瓦克文化与欧洲古典文化精神在人文性上是并行不悖的；墨西哥的历史、文化、地理环境都决定了传统文化的延续性。拉美要现代化就必须扎根在自己的土地上。"

从文学翻译的角度说，雷耶斯的作品表面上容易翻译，但

---

① 《西班牙美洲文学新史》，Nueva historia de la literatura hispanoamericana，西班牙卡斯塔利亚出版社出版，1997年（第3版），第660页。——译注

是，作品的内涵不仅建立在丰富的艺术想象力上，而且有广博的历史、哲学、神学、社会学等人文学科知识作为基础。本书译者才疏学浅，知识结构残缺不全，尤其是不成系统，这就使得译者要理解原著需要走很长的路。在这个意义上“硬译”是不行的。必须理解每个句子背后的深层含义，这需要时间，需要工具书，需要耐心，需要一颗会分析问题、解决问题的头脑。而这样的头脑需要长期培育、训练和养成。当然了，首先需要天赋和导师。译者75岁了，没有这样的天赋，没有导师，只有苦干。其实，导师是有的，那就是一生翻译生涯中遇到的作家，例如，塞万提斯、博尔赫斯、聂鲁达、加纳、加西亚·马尔克斯、巴尔加斯·略萨、富恩特斯、多诺索、加尔多斯、胡安·拉蒙·希梅内斯、奥尔特加·加塞特、胡安·卡洛斯·奥内蒂、波拉尼奥等人，这一次是雷耶斯。每翻译一部作品，他们就教会我许多知识。这些知识是不是好好消化了呢？消化了一些。消化之后能不能转化成自己的血液呢？这是个问题。他们的多数观点，我拒绝接受。但五十多年来的翻译生涯，让我养成了这样一个习惯：怀疑——查询——分析——处理，有时需要反复怀疑——反复查询——反复分析——反复调整、处理；还养成了这样一种思维方式：既要考虑可能性，更要考虑种种不可能性。比如一个句子可以这样翻译，是不是也可以换一种翻译方式呢？如果不可以，要想想为什么。结果常常有意外发现，令人惊喜的发现。这里不再赘述。

从二十世纪八十年代算起，西班牙、葡萄牙、拉美文学作品传入中国，有规模和影响的作家不过十几人，著作不过十几部，比如塞万提斯、萨拉马戈、加西亚·马尔克斯、巴尔加斯·略萨、博尔赫斯、聂鲁达、洛尔卡、科塔萨尔、富恩特斯、波拉尼奥、帕斯等等，而且是在小众范围内阅读，几万、几十万、百万而已，占全国人口的百分之零点几。就是在阅读拉美文学作品的小圈子里，真正读完、读懂《堂吉诃德》和《百年孤独》两部名著的人恐怕也寥寥无几。如若不信，可以调查，出一个问题即可：一些作家说《百年孤独》的开头写得好，好在哪里呢？答案如下：短短一句话就包括了四层含义。一是确定了作品的时空观念和螺旋式发展的隧道结构；二是主角亮相：上校和他的父亲；三是制造悬念：上校，行刑队，冰和看冰的那个下午；四是不固定、不明确的活动舞台。这样的开头，颇具匠心，据说作者花费了八个月的心血才设计出来。我们研究出这四层含义也是经过反复思考、分析的，从西班牙语语法的角度分析句子的时态关系，从文学性分析作品结构，分析人物关系，分析故事情节中的悬念设置，等等。

说这番话只有一个意思：中拉文化的交流尚且处在初始阶段。拉美文化如同它的地理位置一样，与我们的文化传统相距遥远，双方的接触和交流首先需要工具，无论飞机还是轮船都要准备长时间的行程。见面之后都需要翻译，文化翻译有别于经贸翻译，需要文化素质的培养，需要人文科学知识的积累和教育。这个任务应该落到高等院校身上。但是，讲授文学翻译课的师资青黄不接的现象十分堪忧。谁来考虑这个不痛不痒的人才培养的问题呢？听天由命吧！

赵德明

2015 年 7 月 4 日

北京大学燕北园

晚餐

"晚餐，令人快乐，能产生爱情。"

——圣胡安·德·拉·克鲁斯

那一回，我不得不跑步穿过条条陌生的街道。跑步的终点好像就在我脚步前方跑动，约会的钟点已经在钟楼的秒针上加快了跳动。条条大街空寂无人，蛇一般的路灯光线在我眼前扭来扭去。每隔一段时间，就会出现街心花园、人工花坛，在夜间灯光照耀下，那绿色的浓荫，给人一种似真非真的优美感觉。我觉得看到了一座又一座钟楼——不知道它们建在哪里，是住宅里呢，还是街心广场——由于钟楼内有照明，四面的圆形时钟向东西南北炫耀时间。

我不停地跑着，因为对晚上九点钟我有点儿迷信。心里想，如果晚上九点之前我摸不到那个门环，可能要发生倒霉的事情。我狂奔的同时，回忆着从前什么时候，也是在这同一钟点，也是跑过这同一地方，也是怀着类似的渴望……是在什么时候呢？

终于因为上述似是而非的快乐回忆吸引了我，结果在不知不觉中走路的步伐恢复了正常速度。在回忆的间歇中，我时不时地感觉好像在别的地方，看到眼前有新的路灯光线、绿地广场、发亮的钟楼时钟……不知道自己在这迷迷糊糊的急促呼吸状态中过了多长时间。

忽然间，九下钟声带着钢铁般的冰凉，响亮地传进了我的耳膜。我的目光抱着最后的希望落到了近在咫尺的大门上，那是我的终点站。

于是，为了做好精神准备，我稍稍回想了一下为什么我会出现在这个地方。今天上午，邮差给我送来一封令人神往的短信。信纸上方的一角有手写的地址。发信的日期是昨天。信上只有一句话："堂娜马格达莱纳和她的女儿阿马里亚恭候您明日晚间九点共进晚餐。啊！请勿缺席！……"

没有落款。没有多余的字。

对于这种临时突发的事情，我是有经验的，能够忍受。再说，这一次的情况有特别的迷人之处：行文的口气亲切又尊敬；虽然没有落款，但却指明了邀请人就是那两位陌生女士；那一句有分寸的"请勿缺席"有些模糊，但是感人，好像面临深渊前的欲言又止，这一切促使我决心赴宴。我怀着说不出来的激动不安的心情来到这里了。如今有时我一做噩梦就回想起那个绝妙的夜晚（那想象力是由日常生活组成的，梦里可疑的奥秘在可能性的卑微的根源上发展起来），我觉得在急速喘息中穿过了那些有钟楼的街道，它们像埃及某些寺庙路旁的狮身人面像一样庄严神圣。

门开了。这时我面向大街，突然看到了地面上我的身影旁边落下一道长方形的白光，里面有个陌生女人的影子。

我转过身来，她背后的光线照在我眼睛上，我感觉眼花缭乱，觉得那女子只是个黑影，我的想象力可以绘画出几种她模样的草图，可无论哪一种都与现实不符。与此同时，我吭吭哧哧说出几句问候和解释性质的话。

“阿尔丰索，您请进！”

我吃了一惊：居然听见有人叫我名字，像在我家里一样。我跨进了前厅，这个地方令人失望。那封短信上浪漫（至少我觉得浪漫）的口吻，让我怀抱着这样的希望：能看到一座老宅子，里面挂满了壁毯、老式的肖像画，到处是巨大的扶手摇椅，一座不讲款式、但是令人起敬的老宅子。而实际上，我看到的是一个小小的前厅，还有一座不结实的楼梯，一点儿也不华丽，这些对于这座住宅的其余部分来说，显得狭窄，具有时尚的意味。地面上铺了打蜡地板，那些稀奇古怪的家具有着纽约家具冷冰冰的排场；墙壁上，浅绿的壁毯上挂着两三个日本假面具，做出的怪相似乎是不可饶恕的“鸡毛蒜皮”。到后来，我甚至开始怀疑……但是，等我抬头一看，立刻就放心了：眼前站着那位给我引路的女子，她身穿一袭黑衣，苗条、高贵，手指着客厅的大门。她的身影已经变成像面色一样红润，要不是她满面虔敬的神情，我很可能觉得她微不足道……她那栗色的头发，有些蓬松，让我迅速在心里有了一个奇怪的想法：这里的一切似乎是迁就某人名字并且按照这一影响组成的。

“您是阿马里亚？”我问道。

“是的。”可我觉得好像我是在自问自答。

客厅正如我此前想象的那样小。但是，装饰的情况却与我想象的一致，与前厅的情况截然不同。客厅里有挂毯、大椅子，地上有熊皮，靠墙有镜子、壁炉、花瓶；三角钢琴（无人使用）上摆满了照片和小雕像；正面墙下，有个画架，有幅放大了而明显变形的男子肖像，长着八字胡，嘴巴的样子很粗鲁。

堂娜马格达莱纳在等我，她坐在一把红色扶手椅上，也是一身黑衣，胸前佩戴着我们父母辈的粗大至极的首饰：一个大玻璃球，球内有一幅画像，球外裹着一个金环。这时有个秘密占据了我的心：肖像、堂娜马格达莱纳和她女儿阿马里亚三人长得很像。我的目光不知不觉地从三人的面貌上转来转去。堂娜马格达莱纳察觉了我眼神的动向。她及时说明，帮助了我的查询。

要是我觉得不自在、表现出吃惊的样子或提出问题，也许是最合适的。可是从最初起，她们母女两人就用同样的眼神把我给催眠了。堂娜马格达莱纳有六十岁，因此允许女儿接待客人。阿马里亚在说话，堂娜马格达莱纳望着我，我则听天由命。

按照规矩，轮到母亲提醒我们：应该吃饭了。到了餐厅，谈话变得更加随意和流畅了。终于，我确信两位女士仅仅是宴请我一下而已；喝下第二杯法国沙布利白葡萄酒之后，我觉得自己完全沉浸在浑身充满高尚精神的自鸣得意之中了。我聊天，哈哈笑，充分发挥自己的聪明才智，内心极力掩饰我处境中的不合规矩之处。在此之前，两位女士努力让我感觉她们是和蔼可亲的；从那时起，我感觉自己也开始让人家感到开心了。

阿马里亚脸上的善意渐渐地传染给了她母亲。堂娜马格达莱纳面部的满意神情（完全是生理现象）有时也传给了女儿。这两个主旋律在空中飘来飘去，从一张脸上飘到另外一张脸上。

我始终不怀疑那次谈话是愉快的。虽然我在谈话中模模糊糊地联想到不知道是不是苏德尔曼[①]描述中经常提及的家事责任之困难担当——这在意志坚强的女子身上是自然而然的事情——易卜生[②]式地快速闪现，反正我感觉愉快，仿佛是在某位守寡的姨妈家中，跟一位我童年的小伙伴、也开始成了老淑女的表妹在一起闲聊。

谈话一开始完全围绕着商业、经济问题展开，这母女两人好像颇有兴趣。当你被邀请到那种你还不是太信任的人家中做客时，谈谈经济问题是最佳选择。

后来，话题转了。说出来的话似乎开始围绕着某个遥远的请

---

① 苏德尔曼（Hermann Sudermann，1857—1928），德国自然主义文学的代表，其重要作品为长篇小说《忧愁夫人》。——译注

② 易卜生（Henrik Johan Ibsen，1828—1906），19世纪末欧洲最重要的戏剧大师，代表作为《玩偶之家》。——译注

求盘旋。所有的句子都指向一个要点，这是我事先没有料到的。终于，在阿马里亚脸上露出一丝心神不定的笑意、机灵的微笑。显而易见，她开始抵抗内心某种诱惑。她嘴唇有时微微颤抖，想要说话，可总是以叹息一声结束。忽然，她眼睛瞪得老大，用恐惧或者任凭摆布的表情盯着我身后的墙壁，弄得我很吃惊，不止一次扭头去看墙壁。可是，阿马里亚似乎没有意识到她的表情吓着我了。她依旧不时地微笑，不时地恐惧，不时地叹息，而每当她的目光扫过我的头顶上方，我就浑身颤抖。

终于，一场真正长吁短叹的交谈在母女两人之间展开。这时，我已经感到烦躁。餐桌中央上方吊着两盏灯，距离桌面实在太近了，看上去很不舒服。墙壁上有灯光投下的母女两人褪色的身影，其形状无法确定真人与影子的对应关系。这时，一阵强烈的压抑感袭上我心头，一阵厌烦的感觉逐渐控制了我的情绪。这样一句出乎意料的邀请把我从厌烦的情绪中解救出来：

“咱们去花园吧！”

这一邀请让我重新振作起来。母女两人领着我穿过一间干净整齐（令人想到医院）的房间。透过夜幕，我依稀见到一座小小的人工花园，看上去很像陵园。

我们坐在葡萄架下。母女两人开始告诉我一些我看不见的花卉的名称，然后快乐地（不无残忍）考问我她们刚刚传授给我的花卉知识。我的想象力由于长时间体验她俩的古怪言行而难以自制，一时找不到歇脚点。我几乎听不见声音，差不多无法开口回答问题。母女两人因为完全掌握了我的情绪（我猜出来的）而不时地笑一笑。我已经开始把她俩的话与我的想象混在一起了。她俩关于花卉的说明（我至今记忆犹新），我觉得简直像说胡话一样可怕：我认为听见了她俩说什么有的花卉咬人，有的花卉会亲嘴；说什么有的花茎会自己连根拔出，像蛇一样缠住你的脖子。

黑暗、疲倦、晚餐、沙布利白葡萄酒、围绕我没见过的一些花卉的神秘谈话（我至今认为那座荒凉的小花园里没有鲜花）等等，一切慢慢地邀请我进入梦境。结果，在葡萄架下的长凳上我睡着了。

"可怜的上尉呀！"我听见有人这样说道，于是睁开了眼睛。"他去欧洲的时候充满幻想。在他看来，希望破灭了。"

四周一片漆黑。一阵清风吹得葡萄叶沙沙作响。堂娜马格达莱纳和阿马里亚在我身边谈话，她俩对我的沉默不语只好默认。我觉得在我短暂的入梦期间，她俩已经交换了位置；这让我觉得……

"他当过炮兵上尉。"阿马里亚告诉我，"可以说年轻又漂亮。"

她说话的声音是颤抖的。

就在这时发生了一件事，要是换了别的环境，我会觉得这事很自然。可是，这时，我吓了一跳，心提到了嗓子眼儿。此前，那母女两人的说话声和眼前的模样，让我觉得她俩是可以感觉得到的。就在这时，什么人推开了家中一扇窗户，外面的光线忽然照到了那母女两人的脸上。"哦！天啊！"我看到那母女两人面部光彩照人，独立地悬浮在空中——她俩的黑衣裳在花园的夜色中消失不见了——脸上还带着善良，甚至有些不和谐的线条。她俩的相貌如同埃查韦[①]作品中的样子，像巨大而神奇的天体。

我身不由己地跳了起来。

堂娜马格达莱纳于是大喝一声："等着！还有更可怕的事情呢！"

随后，她转身对着阿马里亚，说道：

"闺女，说下去！眼下，这位先生不会丢下咱们走掉的，一定会把故事听完。"

阿马里亚答道："好吧。炮兵上尉到欧洲去了。夜里途经巴黎，因为要急忙赶到柏林。可是他一直很想看看巴黎呀。在德国，他不得不在大炮工厂学习什么我不清楚的专业……入学第二天，一个锅炉爆炸伤了他的眼睛。"

我要疯了。我想问问，可是问什么呢？我想说话，可是说什么呢？我身边究竟发生了什么事情啊？她俩为什么邀请我吃晚饭啊？

那扇窗户又关上了，她俩的面容又消失不见了。女儿的声音传了过来：

"哎呀呀！就在那个时候呀，就在那个时候呀，上尉被送到巴黎去了。巴黎呀，那可是他一生梦寐以求的地方啊。您想想那情景吧：他经过了星光闪耀的凯旋门啊！两只眼睛什么也看不见就过了凯旋门啊！全靠猜测周围的景致啊……不过，您有可能给

---

① 埃查韦（Echave el Viejo，1540—1620），墨西哥风格主义画家。——译注

他说说巴黎，对吧？您给他讲讲他没法看到的巴黎吧。那会对他很有好处的呀！”

（一个“请勿缺席”！……一个“那会对他很有好处的呀”！）

于是，她俩把我拉进了客厅，像架着残疾人一样架着我的双臂。脚下，已经有植物的枝条缠住了我的双脚；头上，植物的叶子摩擦过我的脑袋。

“拿住这幅画！”母女给我一幅肖像画，说道。画上是一位军人。头戴战斗帽，身披白色斗篷，袖口上有金丝带，扣眼锁住了三颗金星；浓眉大眼，一身霸气。我看看那母女两人：她俩在微笑，仿佛完成什么任务似的松了一口气。我又低头欣赏肖像，发觉我自己就像在镜子里一样，我承认自己与画中人长得很像，好像我是那画中人的漫画。画面上有题词和签名。那字体与我上午收到的没有落款的短信上的字体一模一样。

肖像画从我双手里落到地上。母女俩用一种滑稽的、怜悯的表情望着我。一下像是玻璃吊灯落到地上的声音传进了我的耳膜。

我穿过一条条陌生的街道，狂奔。街灯在我眼前跳来跳去。钟楼上的时钟满脸通红，窥视着我的狂奔……哦！老天爷啊！当我终于气喘吁吁看到了自家的门牌号时，九下洪亮的钟声震动了夜空。

我的头上有叶子，我衣服的纽扣眼上有一朵不是我剪下的小小鲜花。

1912 年

查米索与荷兰橱柜如何聊天

送信的，你坏心眼儿啊，
你是恶之花啊，
你没有给我送信来啊，
我可是一直期盼着哪。

我就这样哼唱着上面这首歌曲，把我请来的客人忘记在脑后，与此同时，朗姆酒的火焰在酒瓶里跳舞。

小时候，我喜欢歌剧里的两三个滑稽演员。由于从少年起我总是关在这处祖上留下来的房子里，所以我唯一知道的几首歌就是从滑稽演员那里学来的。因此，经常溜到嘴边的就是一些打情骂俏的小调、一些下流的民谣……

我独自一人生活。这扇从三十五年前就把我们关在这里的大宅门，把街上的废气挡在门外，把灵魂逃走的无限可能留在门内，让我们独自生活。哎呀呀！我特别讨厌广场和旷野。必须用铜墙铁壁把那种黏糊糊的生存方式拒之门外。我家的大门仅向为数不多、可以容忍我的朋友开放。我享受着从童年就开始的快乐：徜徉在一座座客厅里、一条条出其不意的回廊间、一个个钟楼上（不晓得它们的窗户面朝何方）。就这样我隐居在我自己的数学中心里，怀揣着一种静态的快感。静态在于既没有离心力，也没有向心力；我和宇宙就是一个圆中圆，但是没有内部射线，没有秘密的爱情。

诺雷利塔打心眼儿里厌倦了小公务员的生活以及与性情乖张的领导打交道的日子，准备品尝一下饭后点心，而不理睬我的哼唱。但是，科拉委海洛先生（哦，太年轻了，太年轻了，结果显得太严肃，难以亲近）自认为有责任点头表示在跟踪我的民谣歌词，与此同时，他那圆圆的大眼睛在窥视着我，那眼神像是在聊闲话。片刻间，那无色的眼神似乎是在掩饰一声潜在的哈哈大笑，或者是假笑。实际上，这样的假装是没有用处的。我太明白了（我看人的经验绝妙极了），我太清楚了：他的大笑只能等到三十多年以后才能爆发出来，就是说等到他快六十岁的时候，差不多比较适应生活、心情舒畅的时候才会哈哈大笑。年轻人在任何的生活处境中，都没有能力安排自己。

我手忙脚乱，
脚乱，害怕，害怕，
害怕维拉克鲁斯女神……

我感觉我的歌声穿过了朗姆酒的火焰：蓝色的边缘几乎看不见，火焰下方是黑暗。我的歌声随后蒸发成一片火星云，冲进餐厅空旷和昏暗的空间。之所以昏暗，那是我任性的结果。但是，科拉委海洛先生（哦，太年轻了，还派不上用场）认为这样的任性难以忍受，无法掩饰心中的惊讶。他愚蠢的期望，从餐桌上方悬挂的熄灭灯泡（按照他的想法，应该点燃）开始，一直到那盏羞羞答答、半明半暗的灯泡为止（按照他的想法，应该熄灭，因为那灯泡睡在餐厅的角落里）。更糟糕的是，那一夜，如同巴黎经常发生的事情一样，电灯光线总是忽闪忽闪个没完，有地下生活的感觉。

那是坦白、忏悔的微妙时刻。科拉委海洛先生苦笑着断言："我得了脑炎啊！我得了脑炎啊！"

所有的年轻人统统得了脑炎，这事儿我们非常清楚。

可是，诺雷利塔（哦！女神啊！来点儿灵感吧！我想歌颂一张写字台和一架打字机的爱情！）声称，她所有的毛病都来源于对两件东西的喜欢：

一、喜欢打字；

二、喜欢弹琴。

从她那简直就像黑猩猩的嘴巴里发出了这样的声音："嘿！您想想吧！一位已经习惯了双排音符的钢琴家，如果双眼闭上，十指滑动在奥利佛牌三排字符打字机、安德伍德牌四排字符打字机和约斯特牌六排或者七排字符打字机上，不会产生可怕的感觉吗？”

我这样左思右想地观察着，发现了一个魔鬼世界。我不想被这样的秘密所诱惑，便扯着嗓子唱起来：

邱林班布利娶了女斗牛士
为妻；从此大家叫她邱林班布莱腊。
此事千真万确，如同毛驴飞上天，
都是因为大自然威力无边。
哎呀，邱林班布利，我的心肝！
我在哪里能找到你呀？
——他在新街口喝咖啡。
他在新街口喝咖啡。

我的歌声环抱着我。周围的一切湮没在我歌声形成的金色翅膀的旋涡里。幸存的只有最耀眼的光点：我客人的四只眼睛，橱柜上的玻璃，玻璃上半个月亮的辉煌；还有一把叉子、半个勺子以及甜酒的微弱闪光。片刻间，有个人把一线水流倒进了水杯……

我把船桨给弄丢了。我沉浸在那顿晚饭模糊的灵感中，投入到我有板有眼的歌声里，勉强记得眼前跳动着四只充满恐惧的眼睛。我很高兴延长那困难的姿态，确信随时可以破坏它。

恰恰在这个时候，我的四肢传来一种非常舒服的感觉，好像深陷在鹅毛枕头里一样。我觉得我那些民谣开始变得难以理解了；我的歌声化作了声门拍打的咯咯声、打嗝儿声和嗡嗡声；我发疯似的连连咳嗽，然后逐渐偏离法定的音乐，发出一阵阵比歌声更有魅力的喃喃细语；我能造出少有的完美节拍，连续发出字母“rr、mm”以及“jui-jua”的声音。

不可思议！真真不可思议啊！我这么一个专心思考的人，我这么一个反对任何风流韵事的人，或者说反对逃避责任——我反对开路、开门、下坡——的人，我这么一个垂直于自己生活地平线的人，居然感觉到为身外之物所吸引！与此同时，右侧有股害怕的东西钻进我的身体（真真恐怖呀！），我从来没有准备做这种扭转动作：一向不愿意回头。我换了座位，与我的荷兰橱柜面面相对。上面两块搁板慢慢拉开了，我觉得像是两个没有眼珠的大眼窝。但是，定睛细看，我发现橱柜底部有我的茶具——小小的瓷器“城池”，这给我带来了难以形容的安慰。

一阵挑衅性的吱吱嘎嘎声，橱柜中央的抽屉被拉开了，样子像噘嘴。抽屉里面，经过刀叉一番响动之后，冒出一个声音。

“查米索，是你吗？”那声音问我，“当着这么多先生的面，可以跟你说话吗？”

我点头同意。

“哎呀！”那声音叹口气。

故事很长，很累人。先从植物亲属的详情说起；再分散到众所周知的森林和鸟类的浪漫主义时期；再用因果知识讨论歌德关于植物的设想，比如，叶子的同素异形问题；再用不可原谅的夸张风格唱出元气上升的诗行以及元气下降的第二段诗行；再分析古希腊神话人物珀耳塞福涅[1]关于一年四季的神话；赞美奥维德的预言以及他在《变形记》中万物有灵论的感觉；嘲笑我的植物学老师；最后，用高音歌颂砍柴人的斧子。

1913 年

---

① 珀耳塞福涅，古希腊神话中冥界的王后。——编注

会面

“……心肥大——患上这种病的人们是斯特拉斯堡的笨汉。”

一、失败

此前，就算是我亲自提起的会面，那我也希望仔细选择一下会面的环境和地点。我有这个缺点：害怕突发事件。尽管会面的计划已经十分成熟，也要设计一个理想的舞台——也许是我定下的会面日期——如同一次意外的嘲笑，惊讶始终影响我的情绪。我多次发生过这样的事情：心不在焉地蹬梯爬高，已经到了最后一阶，我还准备再上一阶，结果有一脚踏空的感觉，浑身立刻由于失去平衡而颤抖起来了。我还有过这样的感觉：目标接近了、超越了我原来的意图——一种错过了失败苦味的感觉（不是因为感觉快要到家而产生的意识）。

罗布莱多推开了弹簧门，我跟在他身后进入室内。迎面扑来的是比烟草味还要浓烈的嗡嗡声。音乐声被湮没在人们的谈话中。双脚无声地向前慢慢滑动。镜中我俩的映象迎面而来。由于此前街上灯光太暗，现在光线太强，让我俩睁不开眼睛。我俩感觉到那些窥视着我们的目光。我立刻毫不犹豫地转身向客厅的角落走去，从那里我猜出来有人在直勾勾地注视着我俩。那就是他！他在仔仔细细地审视着我俩。我还注意到他脸上那种暗淡的神情——瞬息没有生气的样子；还注意到他看人时的盲目神情——只看人，没有感觉被人看——无论看朋友还是看陌生人都是同样的表情……因为友谊的标志不是写在脸上的，而是流露在目光相遇的眼神里。他似乎感觉到我的目光在注视他的眼睛，他的脸色亮了，有个认可的表情，不是微笑，或许可以代替，的确也代替了问候的意思。但是，我一看到他要开玩笑，就想挫败他的企图，便转身面对门口，寻求罗布莱多的援手。时机已经错过：罗布莱多已经跑到前面去了——咄咄怪事！——向着那个对他来说是陌生的人靠近。难道那人就是他的目标？这可能吗？或者他通过我和那人的互相对视猜出来我和那人是朋友？罗布莱多为人古怪，喜欢对所有的人忏悔。那个陌生人在远处闪闪发亮，一副浪漫的外表：脸色白里透红，蓝眼睛，头发黑又亮，鼻子秀美。他坐在红色的靠垫上，毫无疑问是在孤芳自赏。过了片刻，他起身向罗布莱多走来，但目光却注意着我，大概是向我求援，或者是为了接近我的另外一位朋友而求我帮助。他的眼神似乎是要我心里牢记：这是一次数学般精准的求情，既有礼貌又很强硬。

他提议说：

“嘿！第三者的两位朋友也就都是朋友啦。”（错！错！）

这亲密关系也显得太过分啦，一个相对苦涩的疑问、一股怒气掠过心头：我的两位朋友是不是此前早就认识，早就背着我来往啦？尽管如此，很快我就可以感到安慰了：他们双方在接近的过程中，起初几步胆子很大，接下来就小心谨慎了，最后真的是犹豫不决了。而我的两位朋友身处客厅中央，彼此的大胆行动让他俩不知如何是好，站在枝形吊灯的下方互相对视，慌乱又不好意思。我心里冒出一个调皮的打算：要是我装成一个独来独往、随心所欲的人，从他们身边走过去，那会怎么样呢？

但是，我克制住了自己：他们一心想着对方的神情很有君子风范，这压倒了我的固执。于是，我低声说了几句关于互相介绍的话，随后决定服从命运的安排，烦恼就烦恼吧。

后来，我是这样想的：就算我偷偷溜走，不给他们互相介绍，我那两位朋友肯定对我不依不饶，他们的会面肯定会被搅乱，心情不愉快；有可能我一下子打倒了两个强敌；而我自己，有可能嘲笑了命运介入的偶然性，用魔鬼般的智慧惩罚了命运。可是迈出了这一步，就没有了退路。

我们纷纷落座。我心里很恼火，想道：

“无论罗布莱多的道德准则在这个放松的时刻多么不想为自己的经历要求营造一座更好的舞台，无论卡尔波内的到来是否证明这种空气并不让他感到多么窒息，令人难以忍受的是，我们不得不在这些将来在我们生活中可能成为精神中心的人物之间建立友好关系。”（就在我围绕着君子问题思考的时候，耳边传来一阵欢快的乐声。）我接着想道：为了他们这次会面，我事先已经安排了一间面朝花园的房间，旁边就是我的图书室，那是我家中最好的房间，也许是这一带住宅里最好的房间；假如他们非要看看我的住宅，我可以带他们转转，看看我所有的房间，这样可以不断地为他们的聊天提供话题。不管卡尔波内多么喜欢打牌，我决定不提供扑克牌——对，就这样决定——那样一来，就好比在二者之间拉上一道无形的帷幕，让打牌的术语代替他们谈话的内容。反之，我打算假装漫不经心地在桌子上放上两三本书，请他们评论一番。由于我的两位朋友更有文学才能，还因为兴趣爱好的冲突往往能决定一辈子的友谊，那么那两三本书应该是哲学类的；这样的话，他俩应该更加团结、谨慎，还应该保证自己的态度更加温和。（嘿！太好了！）可是，眼下怎么办啊？（我身边有这么一大堆不愉快的事情，连音乐也早已经变得急促、断然，几乎像滋补品。）

改变姿势中断了我的思考。最终，我在两位朋友身旁落座。此前，他俩只是做了见面礼。这时，罗布莱多冲我微微一笑。

二、那两张面孔

哦，那是怎样一张笑脸啊！

在人的表情中，对我影响最大的莫过于微笑；我注意观察笑脸，研究笑脸，像收藏家那样迫不及待地收藏笑脸。

假如此前我的朋友笑过，那他就落进了荒唐的俗套，就像一次意外的忏悔一样。来源于笑的滑稽性，可能永远成为小圈子里所有成员的明显可识别之对象。但是，罗布莱多明智地克制住自己，在微笑的金色边缘打住。就本质而言，笑容是淡淡的，因此我们很难弄明白（哪怕是在最具体和最实在的情况下）一个微笑的种种动机可能是什么。

那时我想："这张笑脸背后究竟会有哪些动机呢？"

坦白地说，刹那间（尽管我根本不相信微笑往往是一场大笑的开端的说法），我还是担心他的微笑会引爆出大笑来：一场大笑往往会暴露出一个秘密。既然罗布莱多已经用微笑把我抛到了大海里装满猜想的木船上，那么就有可能用大笑如同强光一样把我揭穿。笑是交往，本身就是社交；与此同时，微笑可以成为思想孤僻的一丝闪光。但是，罗布莱多的笑容明显意在搜索我的想法：这不是自私的笑，而是由于无法对我言传，像张开翅膀向我扑来的一种私语或者暗示。当然啦，那笑容似乎包含着准备责备我的意思，就是说：

"你可从来没有跟我说起过你这位朋友啊！"

我脑海里会说："哦！要是说了，可就发挥不了意外惊喜的效果了。"

可是，罗布莱多的微笑、稳定不动的笑容（加上暗示性地睁大眼睛以及闪烁着胜利意味的挺胸抬头）似乎要刨根问底。似乎有种种动机以及仅仅一个角度就包含着展开种种对话的可能。他心里可能会说，这是对你的反驳呀。

“可是，你为什么等了这么长时间啊？为什么你指望偶然的机会，而不是动手去争取呢？”

我险些说出这样一句话：“噢，你是不知道啊！那可不是我的过错呀，偶然性嘲笑了我的如意打算。”

他的微笑还提供了一种回答的可能性。

他笑着说：“难道你不担心，不害怕……”语速太慢啦！“即使没有你的参与，我和你的朋友也能见面吗？”

不知道这笑容是别具深意呢，还是我自己心里的反响，好像这样想：

“那么一来，我们之间的互相理解可要费好大力气了。我们之间缺乏沟通的暗语啊！”

我的神智感觉此话分量不轻。那副笑容令人愕然，让我感觉像缜密的辩证法一样不可战胜。更让我感觉不安的是，那张笑脸四周的胜利气氛、那种挑衅的态度……

“看见了吧，尽管你反对，与你的愿望相反，我们还是见面啦。”

我本想辩解一番，话到了嘴边，很冲动，却哆嗦起来了。这时，我发现那副笑容（好像晚霞一样在变颜色）渐渐泛滥成了百分之百的得意扬扬；结果，从起初的指责，变成了现在的宽恕。

我放下心来。我认真领会了朋友那副笑容的含义，我打算有所回应，根据我的想法（面对那次会面的种种可能性我已经很有兴趣了），我只能用另外一种微笑，无声、抽象和过度肥胖的笑容表现一下了，如同威廉·贺加斯[①]笔下的《罗瓦特勋爵》一样。

卡尔波内的表情是另一种反应：脸上闪过一丝抽动——向左眼抽动，嘴角带出了皱纹。从前，他的表情很有特色，但是我从来没有见过现在这样的抽动，它产生了可亲可爱的特殊效果。我是他的老朋友了，早就习惯他的一切；他跟我用不着斗心眼。他在我前面早就经受过深刻的年龄变化，这在很大程度上影响着视力、身体活动的自由度以及脸上表情的整体说服力。童年时期，生理没有发生重大变化之前，卡尔波内与别人的命运一样。后来，有了自己的生活习惯方式之后，他创造了自己的时装样式，创造了自己的说话风格（他那昏昏然的嗓音仿佛承载着蒙眬睡意），改变了自己的生活方向，举起了自己的指路明灯。那变化真是令人眼花缭乱啊。从那时起，他就经常来看我了，这可以证明他已经看重自身的价值了。

卡尔波内的变化在我的朋友圈子里产生了一种类似解读《圣经》般的热情，产生了种种推测的大爆发：最俗气的人用爱情来解释他的变化，最天真的人把他的变化归因于读书，讲究逻辑推理的人说是年龄增长的缘故，懂哲学的人说这是道德意识的觉

① 威廉·贺加斯（William Hogarth，1697—1764），英国著名油画家。——译注

醒。懂哲学的人说的有道理：在我看来，某种道德伦理思潮点燃了卡尔波内眼中的痛苦，让他说话的声音颤抖，这总是毫无疑问的。我心里说："这个道理可远远超出了简单的生理学说法。""可是，还能是什么呢？在满足于我的调查结果之前，我不得不处处低声下气。最后，我投降了，一面已经染指这一秘密，一面耐心等待着新分析和新曙光的出现。直到我等到不能再等的时候，卡尔波内始终处于《沮丧的概念》之类古老和浪漫思想的影响下。"这就是我现在对他变化的解读。

就是在这个时候我明白了应该把我的解读放进一个盒子里，放进我的秘密里，等到某一天，当着卡尔波内的面（因为他渴望了解我心里的秘密）打开盒子，拿出这个放射着异彩的珍宝。为了有所关注，我把希望寄托在卡尔波内外表变化上。

卡尔波内重新靠在枕头上，一面懒洋洋地表示：

"我在这儿。"

我想："是啊，他在这儿。"浑身上下全都用古董珍宝打扮一番，看起来像新瓶装旧酒，像是我们父辈爱好的宣誓或者重现，但是对我们还有魅力，远远超过了我们那些昙花一现的新变化。他的戒指，沉甸甸，价值昂贵（是宝石，什么宝石呢？）而样式老旧。他的服装几乎是旧货收藏品。这种姿态画出了所有浪漫派诗人的嘴脸。他面部的抽搐是一种非常古老的高雅表现，如同往日的一种美德，等于是金盒里的鼻烟；脸上的沮丧之气也是一回事。他的安身立命建构在已经被确认是纯粹并且载入史册的情趣爱好基础之上，也许仅仅因为这个原因才显得十全十美。

想到这里，我冲破思路上的迷雾，意识到说完了开头那些话之后，就出现了折磨人的冷场。说与不说都很舒服，无须打破冷场。这样一来，正因为担心尴尬的场面出现，所以犹犹豫豫地决定开始说话。

三、难以察觉的对话

由于我打算继续介绍罗布莱多并且决心掀起一场纠正错误的风暴，我对卡尔波内说道："罗布莱多是个枯燥乏味的人，不喜欢社交，不大喜欢运动；虽说他体形呈波浪状，可能你也看到了，他不动弹。尽管如此，他更喜欢田野而不是城市。他阅读爱默生[①]的作品，喜欢弹钢琴。"

随后，我转身看着罗布莱多，但对卡尔波内说道：

"卡尔波内，你是知道他的，他受的教育是 strugglers for life（英语：为生活拼命）的大学堂，满脑袋都是讲究实际的课程，有能力铸造出曙光般的黄金。他认为自己大权旁落具有道义上的重大意义；他的看法是要善于在风中打开报纸阅读，应该进入年轻人的课堂……"

但是，两人表示同情的微笑枪毙了我的介绍，我打住了：我

① 爱默生（Ralph Waldo Emerson，1803—1882），美国著名散文家、诗人。——译注

的两位朋友毫无反应；两人很默契，都在保护我，或者是让我利用他俩的沉默从高空落下。不管怎样吧，我不说话了。我绝对不开口了。我的目光只是望着一面镜子：我想躲藏到镜面后头去。冷场还在延伸，就在我开始惴惴不安的时候，我发现镜子里出现了卡尔波内的身影以及罗布莱多的半张脸。他俩似乎正注视着房间的中央。突然，仿佛宣读判决书似的，卡尔波内大喊一声。

“您说得有理啊！”卡尔波内坚持这样认为。就是说，我说出来秘密之后，大家都听到了。“甚至有些奇怪的是，大家把这事理解成艺术，我不知道咱俩是不是有着同样的理由来反驳这一说法。但是，我看到咱俩都同意这个结论。”

尽管我仍然一无所知，却打算通过对话澄清事实。可是，我那两位朋友还要折磨我。罗布莱多一声不吭，转身面向客厅，好像要继续观赏什么演出似的。虽然我也转身面向客厅，却没有看见任何可以引起我注意的东西。这时，罗布莱多首次加入谈话的队伍中来。虽然他一如既往地说话谨慎，这时我焦急的心情把他的谨慎理解成说话慢慢腾腾。终于，他犹犹豫豫地开口道：

“喔，这个问题嘛，那是有可能的。”

我的朋友们说起兜圈子的话来了，用的词都是不言而喻的。可以肯定，我彻底忘记了他们对话的开头，我感觉自己悬在半空，于是决定继续听下去。罗布莱多的表达方式很特别，他斜视着地面，眼神蒙眬，那表情预先露出了他内心世界的视角。我估计他打算说下去。但是，他在磨蹭……这一回焦急的可不单单是我一个人了。

卡尔波内开始发问了："我不是太冒昧了吧？"

罗布莱多理解他的问话，快刀斩乱麻：

"不冒昧！"

我依然懵懂。先听下去吧。这时，罗布莱多要说话了，挺胸抬头，像是要跳跃的样子，左肘像翅膀一样摆动一下，说道：

"不冒昧。无论我多么肯定，咱们之间的理由是不同的，都要短暂地说几句。也许我的理由是相反的呢？我不喜欢这种风格上胡乱混淆在一起，讨厌把对立的激情搅和在一起。这种最粗野的大笑与柔柔的一笑荒唐地混淆在一起，是一出怪诞的哑剧啊。"

我考虑他的话，反复掂量和权衡，猜不出这番话的灵感源泉。房间里发生了什么事情，而我没有察觉呀。

卡尔波内反驳说："可我觉得这些古怪的理由腐蚀着整个自然界。"

我觉察到自己实实在在地卷进了一场流派之争：罗布莱多代表着美学派；卡尔波内不出所料，代表着某种老派……

"是回归自然啦？"于是，罗布莱多笑着问道，像是表达我的思想。

卡尔波内承认道："可能吧。我知道这是钟表匠的老式哲学，但是，我不能消除这种对大自然的偏见……"

"你说大自然？迷信大自然会导致失望的。"

失望，这是唯一响亮提出的单词。卡尔波内会怎么回答呢？

“失望”是我长期探索的心灵反应。罗布莱多的本能在短时间内准确地找到了我费了好大力气、反复思考的答案。真让我难以忍受。显而易见，我是自己欲望的玩偶，于是，我启动全部感觉器官密切注视这一突然变化。

卡尔波内走到桌子旁边，双拳落在桌面上，好像要准备一场有活力、有个性的谈话。噢，神奇的罗布莱多呀！卡尔波内最后要投降啦：

“是的，的确如此，真的如此，会导致失望。从各个山头上我都看到了条条峡谷。没看到哪条峡谷画出了我思想的蓝图。”

刻薄的罗布莱多一字一顿地问道：“这是比喻吗？”

但是，卡尔波内似乎在预防倾诉会产生的痛苦，吸了一口气，滔滔的“话流”就要泛滥了。请听：

“那时候我是个有病的孩子。我的家在山上……”

1912 年

初次忏悔

一

我家旁边的赎罪修女院的小门开了。有时候，我从窗户里面偶然能看到静悄悄走路的修女进进出出，还看到晾晒的棉麻制品，看到虔诚信徒以令人敬佩的细心方式耕耘的小花园。时不时地会有颤抖的钟声传进我的耳鼓，有时在正午，有时是在半夜把我从睡梦中惊醒。钟声不止一次打断了我的思绪和神游："主耶稣基督啊，那座修道院里发生什么事情了呀？"

等到我童年的想象力早已经把那座神秘的修道院都布满了种种幽灵的时候，我的奶奶连咳带喘地对我说：

"孩子，那是座赎罪修女院。我要带你去那里的小教堂做祷告。"

我和奶奶去了。小教堂里点着许多蜡烛，烛光照射在圣徒们的铜箔外衣上。还有一点或许也值得一提，烛火纹丝不动，光线发暗；在四周黑乎乎的环境里，烛光难以四射，只能让火焰爆出一两个孤立无援的火星。黑暗中，似乎从这里和那里冒出半张紫脸，一只基督带血的胳膊，一只给人祝福的木头手。一位身穿黑色衣裳的妇女进来以后，仿佛空中飞进来一颗头颅。“主耶稣基督啊，这座修道院里发生什么事情了呀？”这地方有妖怪。

那天我走出小教堂的时候，听见身后有三位老太太在讲述这座修道院隐藏的秘密。我奶奶在跟教堂司事纠缠什么猫头鹰和教会用什么油的历史，因此我能溜到三位老太太身边，她们三位像是古罗马神话中勤劳的三位命运女神，在编织着恶意诽谤他人的咒语。

一位老太太说道：

“我的太太们啊，就是这些修女整理了咱们母辈传给咱们的菜谱、刀功和烹饪技法，风行一时啊。”

另一位老太太说：

“这事我知道。我是这座修道院的老朋友了。而且，我就是在这里的小教堂举办的婚礼。那一天真难忘啊！”

第三位老太太说道：

“这座小教堂已经好多年没人来举行婚礼了。这里只允许举办弥撒圣礼。这里嘛，可有很多故事啦。也是这教团的圣女特朗斯维尔·贝拉西翁，一向是修道院里最佳刺绣高手，还是给新娘作嫁衣的最为娴熟的好手，为此人们称她为‘婚事修女’，所以嘛，已婚和准备结婚的女子纷纷登门求助。实际上，这位圣女从来没有参加过什么婚礼，她对世俗事情的认识从开始到结束，就是为他人做嫁衣裳。她还是第一位筛面、揉面、做身体所需面包的女子；同样，她还是第一位祈祷的女子，就是说做灵魂所需面包的女子。”

三位老太太高高兴兴地聊天。我奶奶还在跟教堂司事争论不休。我睁大眼睛，竖直耳朵，在人群里穿来穿去（没人注意这么一个小孩子嘛），结果什么都听见了。

那第三位老太太还在说下去：

“终于有一天，那位圣女出席了在这座小教堂里举行的婚礼。可怜的特朗斯维尔·贝拉西翁嬷嬷呀！她从教堂里出来以后像是着了魔，走起路来摇摇晃晃。这个可怜的人儿沿着花园跑来跑去，不久，就昏倒了，陷入一种奇怪的心醉神迷的状态，躺在百合花中间，忘记了自己的职务和责任。

“从那天起，这位嬷嬷面部表情变了，喜欢的事情也变了；她不再祷告，不再刺绣，不再揉面了。因为一祷告就昏迷；一刺绣就扎手，鲜血就染红了白布；一揉面就像是有鬼吹风一样，面团就变成了灰烬。”

三位老太太连连在胸前画十字。讲故事的那位老太太继续说道：

“噢，这要命的想象力啊，真是魔鬼的诱惑！过了九个月以后，特朗斯维尔·贝拉西翁嬷嬷为共和国生下一名士兵。从此以后，赎罪修女院的小教堂就禁止举行婚礼了，不允许修女们为他人作嫁衣裳了。我是听胡安说的，胡安是我侄子，他是从一只胳膊的佩德罗那里听来的；佩德罗说是他岳母告诉他的。”

三位老太太快乐地掩面大笑，连连在胸前画十字，抵抗魔鬼思想的侵袭，还像小精灵一样连连跺脚。

你，亲爱的读者，假如你知道了（肯定会知道的，因为你太聪明了）德国文艺复兴时期的大诗人海因里希·贝倍尔——《蓓蓓留斯》的作者坟墓所在地，请你通过砖缝向地下喊话，告诉诗人：请他用拉丁诗韵写出这个故事来，让这个故事在地狱里广泛流传。这样一来，你和我就可以永远摆脱那永不熄灭的地狱火焰啦！

二

据我奶奶说，这座修道院里发生的事情已经查清楚：魔鬼把院里的修女们妖魔化了。

我对于自己掌握的新知识深感自豪，于是大肆张扬。可怜的奶奶（愿老人家长命百岁）张大嘴巴听着我的讲述，随后，认为我犯了死罪，命令我立即去找神父忏悔这些错误的观念。

“我的神父啊，我是来忏悔的。”

神父说：“你还是个孩子呀。我已经知道你的罪孽了。噢，孩子，你真是同类人中的榜样啊！你是个有代表性的孩子。你肯定偷吃过做蛋糕的杏仁。昨天夜里，你偷了邻居核桃树上的核桃。什么？什么没有哇？现在我明白了：你是个小无赖、滑头，几个月前，你为了制作哨子把教堂里的风琴管子给拆下来了。怎么？怎么会不是你呢？因为你是个孩子，就不是你干的啦？人种优劣的区别不在于年龄的大小，你们之间能有多大差异啊？你的罪孽在别的孩子身上照样有。你在大街上向老太太们扔石头，你打破邻居家的玻璃，你偷吃糖果；人家打哈欠，你朝着人家嘴巴里扔土块，真真是劣等种族啊！你把爆竹拴在猫尾巴上点燃；你惹怒了母牛，强迫它当斗牛，可挤奶的是你啊！总之一句话，你无论什么事情都胡闹一气，就像那位德国诗人笔下的菲利克斯，此人喝水从来不用杯子，而是用瓶子；也像西班牙诗人路易斯·比维斯在他的《拉丁对话》中的那个少年，早晨不起床，不梳头，不自己动手穿衣裳，不通过水罐口往脸盆里倒水。你调皮透啦！”

我说：“神父啊，我不承认做了这么多蠢事。神父，我坦白自己相信过魔鬼钻进了一家修女修道院。”

神父：“这是胡乱瞎猜！你不是胡猜的第一人，马丁·路德也这么想过。”

我：“神父啊，马丁·路德是什么人啊？”

神父：“是个丑陋、好色的魔鬼，他有着玉米样的胡须，额头上有弯曲的牛角，鼻子像颗芒果核，长着两只巨大的野驴耳朵，还有一双农夫的粗糙拳头。他父母是农民，他长大后当了修士，反对教皇，拐走了一个着了魔的修女，两人生下了一群着了魔的儿女……等你长大以后可以知道更多关于他的事情。回去告诉你奶奶，我已经赦免了她的罪孽。今天下午我让你喝一杯巧克力，吃一块松糕，因为你有重大悔过表现。就是今天下午，明白吗？”

我离开了神父，一路上想着魔鬼马丁·路德，想着他是不是长着尾巴，这个魔鬼的特征神父没有给我说明白。从那以后，我认为我应该调皮捣蛋，因为我是孩子嘛。从此我身上的坏毛病一发不可收拾。那位忏悔神父用他那套抽象的训斥，不考虑我的天真，结果让我的理解力染上了无赖习气，腐蚀毒害了我的恒心和毅力。

我给奶奶捎去神父的口信。没想到这口信会让奶奶大惊失色。她一听说神父给我的处罚，就大呼小叫起来了。我本来是无辜的，现在却成了头号罪犯，而且赎金要得太高了。

这事你们相信不相信？我根本不记得神父是不是真的给了我巧克力和松糕，仅仅记得，似乎是在泪水的迷雾中（我害怕得哭起来），有个老气横秋的声音对我说：

“娃娃，别哭！差不多你没什么罪恶。你奶奶着急，不是因为这个。因为她很想拿出点儿什么让你和神父高兴高兴，可是没东西，没东西啊！明白不？她还说今天下午应该是……”

1910 年

阿奇勒斯与爱莱娜对话

舞台不是很宽大，并非像人们说的那么宽大。它是沃特·萨维奇·兰多尔动脑的结果，营造的是古罗马常规的氛围。

舞台的背景是废弃的庙宇，灰色，已经被人遗忘，摆出一副摄影时的庄重姿态，都在睡觉。到处是法律条文，铭刻在可以载入史册的石碑上。野草已经褪去了绿色。蝉从所有的树（阳伞形的）上飞走了。也许从没有过蝉，或者蝉混入罗马城里的老妇人群里，正午时分，她们在卫城的缝隙之间煮肉汤。

远处——明亮的原野上——拉丁种的公牛摇晃着犄角，仿佛盛开的百合。夜幕要降临了。

阿奇勒斯和爱莱娜在舞台前景上，爱莱娜站立，阿奇勒斯侧身躺在草地上。虽然是集思广益制作的舞台，两人还是感觉不舒服，要是再合适一些就好了。他和她置身于罗马人的废墟中，应该怎么办啊？嗨，兰多尔啊！不管你如何反对，他和她还是用出色的古希腊语回忆小门德雷斯河，回忆特洛伊的城墙，回忆海滩上那些空空如也的船只。

兰多尔刚一写完剧本，就立即发生了这场对话。这很像不愿意演坏戏的精明人的内部聊天：阿奇勒斯由于做了这么一件蠢事生气了，爱莱娜由于演了一个傻丫头而难过得要命（我们可怜的女人啊！）。

兰多尔致使阿奇勒斯操心别人的缺点，幼稚地炫耀他那过时的植物学知识——他师父是个江湖郎中——继承了家庭教师吉龙的衣钵。兰多尔致使爱莱娜一承认阿奇勒斯有理，就一味地打算恳求阿奇勒斯别拿她当女奴。爱莱娜（众人都认识她）过去总是说："如果能有什么让我高兴的话，那就是希望所有的男人能把我变成女奴。"

但是，这样的三位一体是受人支配的：理解随意性和偶然性的人们。阿奇勒斯和爱莱娜虽然不乐意，还是按照兰多尔的意志出场了，两人聊了几句（真是罕见的聊天，是关于希腊的奇特概念！一种编织了种种疑问和惊叫的谈话）。最后，两人退场了。就是这种人，不知道撞上了哪路神仙，在他们那更像是罗马人的脑袋里塞进了如此不够宽大的舞台设计。

阿奇勒斯最后不得不讲出来的那番话——拉马丁[①]式的含沙射影——说给自己唯一脆弱的地方听：给心脏带来的是懊丧。爱莱娜为自己不得不表现的胆怯和无用的道歉（此人从来不道歉），以及因为说了那样一些鸡毛蒜皮的话而感到惴惴不安。

---

① 拉马丁（Alphonse Marie Louis de Lamartine，1790—1869），法国浪漫派大诗人。——译注

野兔群像被人类追踪的农牧主神和仙女那样奔跑跳跃，在废墟之间光荣地嘲笑着神仙们的冥思苦索。

这时，爱莱娜说：

“哦，昨天咱俩是多么纯真无邪啊！”

阿奇勒斯假装没有听见，但是，信口唱出一首小曲儿，声音很低，只停留在舌尖，歌词大意是：“是啊，是啊，任何过去时都比现在好。”

由于爱莱娜娇生惯养（她小时候，哥哥们总是哄着她玩耍），她要谈话就得谈话，不会放弃，因此她固执地喊了一声：

“阿奇勒斯！哦，昨天咱俩是多么纯真无邪啊！”

阿奇勒斯是个两面派，办事总是思前想后、犹犹豫豫、患得患失，他不回答。他似乎忘记了冲突，开心地望着海景。谁敢说有人听见过他赞美大海，说什么：“大海呀，只有你理解我。”谁敢说有人看见他在拉车的马耳朵旁窃窃私语：“这秘密不许告诉任何人啊！也不能说给车夫帕德罗西奥！”两面派的性格让他变得总是全神贯注和目空一切。他身上有家畜的特点，家畜并不是总能理解我们的愿望；他身上有诗人的特点，诗人差不多从来不听我们说的话。阿奇勒斯毫无觉悟，却很深沉；爱莱娜则很警觉，爱唠叨，身上有刺，也有动人之处。总之，还算是个好女人吧。

阿奇勒斯不觉得有说话的必要。不管兰多尔如何猜疑，阿奇勒斯并不真正喜欢爱莱娜。如果喜欢，他早就表白了。希腊人不掩饰喜怒哀乐愁。（格斗开始之前，假如看到希腊人哭鼻子，您用不着大惊小怪。）阿奇勒斯心里想，没有必要跟爱莱娜谈话：看她一眼就够了。此话有道理呀。

阿奇勒斯的两面派性格让他在不知不觉中养成了有步骤的怀疑习惯，因而暗自发问：爱莱娜真的美丽动人而名声在外吗？……他想一想，比一比，结论是：

“的确，她很漂亮。可是，她那白白的颈部，实在太长了吧……显而易见，她妈妈一定是天鹅转世呀。”

爱莱娜虽然习惯了老太婆们关于她父亲身份以及她自己的出生问题的闲言碎语，她也就是轻轻跺跺脚而已。（这个不信神的女人长着一双女神般的美丽脚丫子啊！）由于生气，她用固执的口气再次发号施令：

“阿奇勒斯！阿奇勒斯！真应该让半人半马的怪物群教训教训你，而不是在法兰西王室给你上课。看在你慈母银白色双脚的分上，你总不能不理睬我吧？听着，昨天咱俩是多么纯真无邪啊！你怎么说？你说啊！”

阿奇勒斯一上台，他演出的感觉比埃及鹳鸟面对曙光还要投入（尼罗河上空的曙色是红彤彤、金灿灿的；周围的棕榈树是古铜色的，一望无边），这时他发现了爱莱娜动弹的脚丫子。刚才他听见爱莱娜有些不恭地提到他母亲银白色的双脚，他把眼睛看到的和耳朵听到的联想起来，思考、比较、斟酌一番后得出如下结论：

“嘿，要是我妈妈真的有那么一双银白的脚丫子，嘿呀呀，就不要说留下什么脚印了，她恐怕都不知道怎么走路了！悲惨的老妈呀！爱莱娜走起路来比我还要步履轻盈呢。她好像彩虹，不接触地面，用看不见的双脚把男人的意志踩到脚下，仿佛脚上有诱惑力。她的脚掌上散发着各种花蜜的芳香。哦，多美的果园啊！在花园里跑一跑是多么惬意啊！爱莱娜可能会对所有的男人说：‘记住啊！记住那一天吧！’”

爱莱娜不知所措，满脸通红，浑身哆嗦。假如这番话是个毛头小子说的甜言蜜语，或者是什么情人的倾诉，她知道那属于手腕和谦恭。但是，这样当面用第三人称的称赞，她听了以后——好像作为基督徒——觉得是她的罪孽，会让她浑身颤抖，晕倒在地。

月亮出现在大煞风景的废墟中间，它像古老的塞莱斯蒂娜[①]住所一样寒冷而且华丽，月亮感到心满意足。地平线上，有只喜欢嘲弄人的夜鸟，从树枝上射向天空，像一出中国皮影，欢叫着，敲打着，敲打着无垠的苍穹。

爱莱娜一发觉夜幕已经降临，就把披风向身后一甩，双手举起，对着月亮，唱了起来：

“大地的希望就悬挂在我手上……”

这是一首关于纺锤的老歌。爱莱娜的眼睛发亮，她偷偷望着阿奇勒斯，那个老兵。阿奇勒斯这时想起来自己温柔的女奴，那

① 塞莱斯蒂娜，西班牙著名文学作品《塞莱斯蒂娜》中的主角，擅长说媒拉纤。——译注

个不幸的布利塞达。

“大地的希望就悬挂在我手上。趁着我的老爷在睡觉，趁着鸟儿们还安静，请诸位顺着我家花园的墙壁来找我吧！泉水又见到了阳光。哎，罗密奥！哎，嘉利斯托！

“我鸽子的鲜血染红了你们的猎鹰。云雀飞回来的时候，请你们从我这里走开吧！请诸位顺着我家花园的墙壁来找我吧！

“你们用猜谜语的方式让我高兴，就像所罗门让拜莱盖丝女王高兴那样。我把我奶妈斯芬克斯教给我的谜语让你们猜一猜吧。借助这些谜语，我知道怎样走向地狱，如同拉住绸带骑老虎，如同驾驭那位日耳曼骑士如何从母亲群像那里逃走的样子。

“大地的希望就悬挂在我手上。

“哎呀，父亲啊！兄弟们啊！我的丈夫啊！这事我不瞒着你们，各路主神也希望知道这个秘密。我要登上特洛伊宝塔亮相，我要看看那些为我格斗的勇士。所有的人都能从我这团乱发中猜出秘密来，我的乱发席卷地上的树叶，暴露了我的秘密。

“我的纺锤啊，旋转吧！旋转吧！把银线绕成团！命运三女神已经不会纺织了。公主们会吩咐鸟儿们去解开线团。纯洁的纺纱女白天做好的活计，夜里我会把活计毁掉。海网啊，海网！我用自己麻一样的头发织成的你们这些海网啊！宽大的长袍，我故去爱人的长袍啊！是我亲手给爱人缝制的长袍啊！我用自己的毒血染红了它。

“大地的希望就悬挂在我手上。

“那一天终究会来的，我红润的脚后跟将会敲击你们的心脏。那一天终究会来的，我会用我那麻一样的辫子绞死你们，把你们拖到天上去。因为我是你们的主子。男子汉，所有的男子汉，听着，你们都要呼喊这句话——‘你要记住那一天啊！’我会浑身颤抖，晕倒在地。”

爱莱娜一面喘息，一面时而收拢、时而敞开披风，活像一只花蝴蝶的翅膀。与此同时，阿奇勒斯连连叫好：“好啊，好啊！这是带点亚洲味道，不大夸张，风格和时代有些混乱，丁香味，没药香。但这是与时代爱好有关系的。幸亏没有理睬这些古罗马废墟的影响。”

（远处，月光下，一片废墟呈锁头状，残缺不全，像老太太的牙齿。）

爱莱娜继续说：

“大地的希望正在从我的手臂上喷涌而出。”她夸张地说道，一面露出一副如醉如痴的样子。与此同时，月光下，那件长袍落到了她脚下，堆成一个鸟巢的形状，她从鸟巢里跳出来，浑身赤裸，金黄色，她真是天鹅的女儿啊。

“你是月光的基本形状，你是天鹅，你是冰花，用你的丝绸腰带把我勒死吧！我和我没用的金发会漂浮在我母亲洗过澡的河里——哦，我的兄弟们哪。与此同时，你们诚实的态度会悬挂在星星的尖端。”

随后，她双臂交叉，轻轻地爱抚着自己的乳房。她说：

“我带大了两个孪生兄弟，抱过两个吃奶的兄弟。左边一个，名叫卡斯托尔；右边一个，名叫宝鲁克斯。两个娃娃像羊羔一样浑身颤抖。白天，他俩是男子汉，夜里是我兄弟；如果我迷失在晨雾里，他俩会来寻找我。我手里捧着两颗星星，少年们希望得到他的帮助，少女们恳求他出面做领导。

“那一天终究会来的，那一天终究会来的……我是你们的主人，我会按照你们要求的法则改变自己。但是，应该小心，某种不可言喻的东西要求咱们这样做。”

夜幕下，爱莱娜瑟瑟发抖。

与此同时，阿奇勒斯像是刚刚从恶劣情绪中醒来的丈夫那样，喊道：

“爱莱娜，你在哪儿？”

“阿奇勒斯吗？”

“我的护腿甲没光泽了，我的铠甲上都是凹痕，我的宝剑不快了。你派人把这些事情做好了，我随时准备出发。”

爱莱娜漫不经心，把心里话变成一首歌吐露出来：

“我会跟你回去，只要那另外……”

可是，她打住了，吓了一跳，因为天亮了。

阿奇勒斯这时已经睡意蒙眬，昏昏沉沉，梦中的颜色和人影依稀犹存，像编写神话的作家那样想着噩梦里的种种场景。

“那个要命的脚后跟啊……”他咬牙切齿地说道，“遗传的痛风……我父亲佩雷奥年轻时放荡的生活……只有你懂得我的话……别跟别人说这些事情！也不要告诉车夫……”

与此同时，爱莱娜由于汗毛上布满了露水，连忙踮着脚，跑到一个树洞里躲起来。

这时，公鸡高高扬起头颅，吹响了号角：

“你要记住啊，那一天终究会来的！”

1913 年

在芳香巧克力共和国

——一位日耳曼公民的回忆录

一、在农场

我和堂哈辛托在托纳拉[①]一带推销细棉布和杏仁的时候，我从他（已经老了）那里学会了每天早晨喝一碗凉水，吃一块方糖。托纳拉是濒临太平洋的一座港口，是座快乐又炎热的城市。杏仁生意，我认为是可以给国家创造财富的唯一事业，这话我在别的地方说过；凉水和方糖是可以克服恶劣情绪与梦中淫妖的唯一良药。堂哈辛托是谁？他是个十足的欧洲和印第安人的混血儿，是位实用心理学教师，他们家族的所有男子汉都是实用心理学教师。

我像一八七〇年前走出教室的所有德国青年一样，也是泛神论者，后来几乎都参加了共和派；随着俾斯麦[②]上台，我越发坚持

① 托纳拉，墨西哥一港口。——译注

② 俾斯麦（Otto Eduard Leopold von Bismarck，1815—1898），普鲁士政治家、独裁者。——译注

认为，民主青年联合会就是一群乌托邦的大杂烩，缺乏教养，绝对缺乏对历史认可的各种关系常识。关于这个问题，我跟来自乌尔姆[1]的医生阿耶维特发生过不止一次的激烈争论，阿耶维特尽管跟我有意见分歧，却坚持每天来拜访我。的确，幸亏有凉水和方糖及时相助（它俩把一切变得甜蜜和溶解了），否则的话，那激烈的争论恐怕早就出轨了。说真的，阿耶维特害怕小老鼠（这不奇怪，他年轻时还当过兵呢），因此，每当有小老鼠傲慢地跑过农场的长廊，就会成为争论时非说不可的要点。

因为我生活在农场，正如德国俗语说的那样："没有不怀春的少女，没有不偷盗的集市，没有不数钱的犹太人，没有不虔诚的老太太，没有不使坏心眼儿的共和制总统，没有哪个旧农场里是没有老鼠的。"

是的，阿耶维特每天都来找我聊天，我俩经常回忆哥廷根大学的美好时光。

离开哥廷根的时候，我是骑着一匹纯种马上路的，那马的皮肤柔滑得像丝绸，摸起来几乎沙沙响，它胸脯窄小，双腿秀美、紧致，不停地颤抖，仿佛害怕或者是怕冷。那时，阿耶维特留起了长发，已经成了共和派人士。我们日耳曼人一旦接受某种看法，就再也不想改变，对此，我们是有两个道理的：讲究纯正和实用；已经不能归入前者的，那我们就把它扔进后者之中，如

---

① 乌尔姆，德国城市。——译注

同丢进储藏室里一样！阿耶维特眼中的表情单纯而惊讶，令人想起哈登贝格[①]肖像画上的样子，那时人们称哈登贝格为诺瓦利斯[②]。那时候，阿耶维特经常刮脸。如今，年龄大了，知识多了，满脸都是胡须——面庞、耳后，甚至眼睛下方；眉毛长得滑稽可笑；从鼻孔里蹿出来的细毛在嘲笑古罗马诗人奥维德给恋人的忠告，很像毛刷子。阿耶维特从前的眼神单纯而惊讶，如今总是浮现害怕的神情，好像时时刻刻都在望着老鼠。还有他那鼓鼓的眼睛，在改变角度时，使得他的眼球比平面突出一两厘米。这样一来，无论他去什么地方，好像总是眼球在前方领路。我呢，只要一看到他这副模样就想起生理学上的一些定义："身体上的感觉是肉体为了穿越外部世界乱象所作的努力。"

可怜的阿耶维特！据我估计，如今他已经不是医生了，仅仅是通常说的教授。但是，每当回想到那个时期很像诺瓦利斯时代，我就原谅了他的一切。

因为我从诺瓦利斯那里学会了唱歌，从他的诗歌里提炼出某种讨厌光线和黑影的游戏以及对炎热和闪光太空的热爱。还有，在他的短篇小说里，那潺潺的流水是我脑海里总也离不开的画面，那流水在空中飞溅，冻结成水晶的矛头指向四方。我尝试着用诗歌写一写诺瓦利斯的生平，阿耶维特就帮助我用手指头计算

---

① 哈登贝格（Karl August Fürst von Hardenberg，1750—1822），普鲁士政治家。——译注

② 诺瓦利斯（Novalis）是哈登贝格发表文学作品时的笔名。——译注

音节数目。我的诗歌从诗人的出生前写起，诗人父亲老哈登贝格的鳏夫生活，重新娶妻，家中简朴的宗教生活，十一个儿女，死去了十个。读者，你们很可能喜欢倾听：

哈登贝格有过火一般的青春生活，
苍天从永恒的角度给他打上标记；
鳏夫生活让他变得喜欢沉思默想；
随着年龄增长心灵葡萄园成苦海。

大房子真是哑巴！窗户是瞎子啊！
金色的晨光，另一个女人打开窗户；
早晨的太阳好奇地探出脑袋来张望，
照亮不是新婚快乐，而是一项职责。

这是一项内心暗暗焦急的职责，同时
时间紧紧围绕着夫妻两人旋转不停。
丈夫面色苍白像教堂摆设的木头圣徒；
妻子因为害怕上帝脸色发白而浑身颤抖。

儿女十一，在大房子里到处跑来跑去
儿女像十一个神秘的影子，飘来飘去
围绕着父亲、母亲，两人眉头紧皱，

像是画上去的十字架，缠绕着痛苦。

大房子像是一座沉默的修道院……
大部分遗产留给了后人，计有：
钟楼，公园，大片野树，长廊
还有神秘主义也是一部分遗产。

哎呀呀！十个儿女如同轻盈的花茎
海风吹来，先后纷纷倒地身亡归西；
可怜的父母啊，好像两个殡葬职工，
抬着十具冰凉的遗体前往陵园埋葬。

哎呀呀，哈登贝格，哎呀呀，哈登贝格！
你水深火热的少年生活给你留下的只有
痛苦的骨灰记忆：终生膝下没有子女，
还有随着岁月消失，心灵天地与你私语。

叙述诺瓦利斯的生平恰恰应该从这里开始，他是唯一活下来的儿子。写到此处，我的诗歌停下来了，因为真的没有能力写下去了，我激动得喘不过气来。这时，我忽然想到，我的诗歌到此为止也很好呀，因为不缺什么内容嘛，下面要讲的事情读者大概已经猜到了吧……

如今我已经垂垂老矣，夜里，我吹笛子累了，我的孩子们在我的笛声伴奏下跳舞跳累的时候，纷纷过来围住我，抱住我大腿，上床前要我为他们祝福的时候，我的心情一下子温软了许多，如同熟透了的无花果淌出蜜汁来。我顿时热泪盈眶，眼睛里充满了黄色烛光般的彩虹，脑海里浮现出两个最可爱的回忆图像。

“孩子们啊！”我居高临下地对蹲在膝下的儿女们说道，“我一生得到的最佳赠品是两位男子汉给的：一位是诺瓦利斯，对诗歌神圣的爱；另一位就是堂哈辛托，他是我在托纳拉的老东家，让我养成空腹喝凉水、吃糖块的习惯。”

我抬头望望墙壁，看到我的身影被包围在孩子们的影子中间。在摇曳不定的烛光之下，我觉得我们应该构成一幅庄严肃穆的图画。

二、在那边的那间卧室里

唉！在托纳拉的日子里，没有妻子儿女，没有高堂大屋，没有银器摆设。

有的是：第一个角落里，一张折叠单人床；第二个角落里，摆放着一个大箱子，上面布满了锈色斑斑的钉子和铁皮；第三个角落里，一张桌子有三条腿，第四条腿的五分之四是一套《恰巴斯和塔巴斯科地区商业、农业指南》充当高跷和拐杖。第四个角落之所以没有任何物件，是因为我这间卧室是三角形的，没有第四个角落，像大河的三角洲，或者说像一块奶酪，或者说像古希腊神话中的赫尔墨斯青铜头像，或者说像早餐牛奶里的南瓜丁，或者说像某个古版《圣经》里的木刻画耶和华神之眼，或者说像喝鱼汤用的勺子（恰恰是三角形），或者说像古希腊神话中的阿芙洛狄忒[1]之象征……够了，够了，老人的记忆力衰退了，有些老人忘掉了一切；我的记忆力也无法准确回想起往事的一切。

我在托纳拉的卧室有三面墙壁。第一面墙上悬挂着我的小笛子，第二面墙上挂着来复枪，第三面墙上具有讽刺性质地开了一扇窗户，但居然面向鸡窝！

哪个祖祖辈辈都是醉鬼、婊子养的龟儿子胡说什么公鸡只有在天亮的时候才打鸣？公鸡日日夜夜没完没了地高歌不休。我那只公鸡变成了“窗框”，它站在窗台上唱歌，夜间的歌声还往往扇动翅膀来伴奏。起初我感到可怕极了，因为它总是把我从睡梦中吵醒；后来，天长日久，也就习惯了，养成了不醒的习惯。于是，公鸡打鸣与我的梦境和谐一致，公鸡打鸣的高亢嗓音丰富和强调了我的美梦。

凌晨五点半，公鸡冲我叫喊，好像呼喊鞋匠起床干活：

“嘿，懒虫！别摆架子了！管管你自己的事情吧！”

于是，我一跃而起，谢谢照看我睡眠和起床的看守。我用凉水洗洗手臂和脸。喔，真痛快！我去商店，点灯。黑乎乎的街道

① 阿芙洛狄忒，爱和美的女神。——译注

上，从一家一户的门里，飞出来两种红黄色的水流，在空中颤抖一下，落到了地面上。

“托克—塔克，托克—塔克，托克—塔克，托克—塔克……”

这是送牛奶的人驾驭着喜欢小跑的马儿从街上跑过去了。车上的奶罐轻轻的撞击声同时也传了过来：

“叮叮叮当当当……”

那匹马儿加快了速度：“特拉，特拉，特拉……”

柔和的海风吹过来了，这是浪花在打喷嚏呢。堂哈辛托的声音传过来了，沙哑，似醒非醒，向我问好。

“圣母玛利亚啊！遇上喜欢起早的德国人了！”

三、在书房里

堂哈辛托和他信天主教的妻子堂娜贝阿特丽兹（她每过五分钟就会丢一次行李箱的钥匙）占据着大房子的另外一半，他们的家也像我家一样寒酸。大房子的其余部分是临街房，他们开了商店和库房。我们大家全天都待在商店里，这不仅是因为生意的要求，而且还因为那里是最宽敞的地方。

起初，生意不好做。堂哈辛托常常对我这样说：“孩子，这事没有上轨，没上轨啊。”“上轨”一词有点儿技术性，让我感到迷惑：上什么“轨”啊？他说话时冲我挤挤眼，意味深长。

那时候，我还没有掌握玄妙的市场供求术。堂哈辛托给我讲授政治经济学。不久以后，我就变成了像土耳其人那样驾驭买卖、信贷的诡辩家了。为了回报他对我的关爱和操心，我教他德语，用的是示范教学法。

“您能区别什么是地狱吗？”

“秃头的神父们会区别。”

“咱们那些讲道德的神父们会是好人吗？”

“可能吧。他们都秃头啦。”

堂哈辛托学会上述胡言乱语的速度比我费力地掌握那些拐弯抹角的商业信函之奥秘快得多。我还保存着写给我们在墨西哥联系人的一封信，上面涂涂抹抹。请读者想想我看到这样的信函模式会多么吃惊吧。

> “我非常尊敬的先生和朋友们：
>
> “为了回复诸位的大札，我们本打算等到南方各地杏仁收获完毕再给各位报一报自打交给堂梅里顿最后一批货物之后的详细账目。堂梅里顿不肯让杏仁进口到墨西哥恰巴斯地区，因为他说杏仁一旦装瓶就会变味。另外一方面，我们的文斯登塔先生（就是本人啦）现在还不能上路检查耕地的情况，也还不能查一查杏仁的质量和价格是不是有问题，这是爱斯坦苏埃拉[1]的贸易伙伴

① 爱斯坦苏埃拉，哥伦比亚一城市。——译注

根据今年夏季雨水的情况提出的。总而言之，看来缺货有利于我们杏仁的价格。可以肯定，所有这些情况将会影响马提尼鸡尾酒的销售，影响西班牙包装箱的生产，影响全球瓶装橄榄油的提炼……”

而那些联系我们的人差不多每日寄过来的四级加密电报呢？那时候，我以为电报一旦解密，就可以把问题说明白了。但是，电报解密了，最明白的一句话竟然是：“薄利多销，如果锡兰放开价格，那就压价。”

堂哈辛托告诉我：“这封电报是个及时的提醒。”随后，他戴上眼镜，算起账来，最后宣布：

“如果说这还没走上轨道的话，那么很快会上轨的。假如我们能掌控全部账目，那么秋季之后可以赚上好大一笔。”

我一直没有闹明白这话的全部意思。但是，我发明了一套给“我们杏仁”做广告的办法，从此在托纳拉开启了知识性广告的时代。有时，我在地方报纸上做一些有关杏仁的经典性广告，比如引自西班牙大戏剧家卡尔德隆《可疑的真话》的片段诗句：

……在一个佩戴钻石的男子身上
珠光宝气，金色秀美，向我的主人
炫耀他又酷又狠，我向柳树、灯芯草

显示坚定、牢固、不摇来摆去的优越感：

既然牙齿赛过珍珠，那么麦秸就是黄金……

或者是那出《潘洽谈特拉之星》戏中格言式的说法："国王需要牙签剔牙。"（第一章，第 75 页）我用波利多罗·维吉尔和迭戈·德·吴雷阿那里的大量消息来装点所有这些语录。有时候，我写一些关于牙签历史有关疑点的文章，例如：菩萨放弃口腹之欲是不是也放弃了牙签，埃及末代女王克娄巴特拉的乳母是否用过神猫爪子做的牙签或者圣鸟羽毛做的牙签，柏拉图的宴会上，客人们是否用过牙签，古希腊作家阿里斯托芬在接受圣人埃里斯马克关于打嗝儿和打喷嚏之卫生建议时是不是提到牙签。最后一个问题，是否可以从科学角度肯定缺少牙签对国王腓力二世的德行有某种影响。有一天，由于我对某种哲学上的祖传意识让步，写成了一篇关于牙签的地道论文：Der Zahnstocher als Will und Vorstellung（德语：愿望和想象中的牙签）。堂哈辛托最终认为，我这种知识消化不良的毛病，是商业天才的一种表现形式。

四、在鸽棚里

午间休息的时候，堂娜贝阿特丽兹去给鸽子喂食。我们两个常常陪伴她前往。

我的那本著名的专著《托纳拉地区棕鸽、白鸽、紫鸽的生活消息》就追溯到那个时候。我们国家的科协友好地接纳了这本专著。

我在《托纳拉地区棕鸽、白鸽、紫鸽的生活消息》里试图表明：关于鸽子的爱情和生活的通常见解是完全不能接受的；从本质上说，鸽子并非爱情动物，而是很有地权思想的鸟类，更是懂得愤怒的动物。保卫鸽巢和附近的地域是它们生存的第一要义。但是，您别以为保卫鸽巢就意味着热爱家园、家庭，不是的。雄鸽子从来不保护雌鸽子，从来不给母鸽子及其子女小礼物。公鸽保卫鸽巢及其领域的愤怒表示，都是快速扇动翅膀和“咕咕”吼叫，不管巢穴里面是不是有自己的亲属。因为，对公鸽来讲，在它炮制的法律概念里面，这涉及权利问题、地权问题。诗人们（是那些愿意当鸽子的人们）污蔑这些充满活力的小动物，说它们的温柔和善良、纯洁和乐于助人是矫揉造作的感情。没有这回事，鸽子虽然温柔、圆滑，可不是病态情绪的表现。鸽子对生活的强烈欲望、聪明、理解力，都有着鲜明的功利性质，界线分明，计算精确。古罗马人可能就是这个样子，他们在鼎盛时期既征服又殖民，既立法又建立城郭。我在鸽棚里见过一只雄性立法委员，它把自己的每寸土地和地权分给每位公民，后来因为侵略别人的领土而受到自己法律的制裁。人们仅仅知道它有过一点儿牺牲，长时间在窝里温暖着雏鸽。但这仅仅说明它喜欢安逸，因为搂着子女度日肯定非常舒适。等到子女长大，它就把孩子们扔到外面去独自觅食，就像当代一位教育家说的那样：“让弱者完蛋！”勇敢的鸽子一族就是这样呐喊的。

我这个时代的学者们屈尊声称，我的“贡献”是有价值和高雅的。

五、点评本

不能出错。我利用空闲时间，坐在一张缺腿木桌旁边，为一个点评本的出版做准备，我点评的是西班牙伟大戏剧家洛佩·德·维加[①]的四部喜剧和六首半谣曲，需要写序言，需要做注释，需要编写目录。我的老板支持我，尤其要感谢的是天使般的堂娜贝阿特丽兹的印刷厂，她像我一样喜欢情节扑朔迷离的喜剧。她派人出版了所有的文稿，印刷厂位于距离塔帕丘拉[②]不远的地方，城市的名字十分甜蜜。

哎呀呀，真是痛苦啊！左邻右舍都嘲笑我。他们纷纷说，出版别人的东西没有什么意思（可是我见过很多人为别人承担责任啊！）。我立刻把点评本寄给了堂马塞利诺，过了十四年后，他才回信，那时我已经搬到柏林去了。他的回信漂洋过海，走了很多地方，寻找我的下落。眼看着信就要到我手中了，我去法兰克福继承遗产了。那封信耐心地继续跟踪我。在我前往意大利旅行

① 洛佩·德·维加（Félix Lope de Vega y Carpio，1562—1635），西班牙民族戏剧的创建者，黄金世纪文学的重要代表。——译注

② 塔帕丘拉，墨西哥恰帕斯地区的一座中等城市。——译注

期间，那封信就跟在我身后面。哎呀呀，有两三次机会，我和它擦肩而过，失之交臂，未能相见。等我回到老家后，格列辰焦急万分地出来迎接我，干瘦的手攥着那封信，喊着："堂马塞利诺来信了！堂马塞利诺来信了！"突然，我的一个儿子跑出来抢走了那封信，三下五除二，做成了一艘小纸船，扔进了门前的莱茵河里……

但是，由于出版了点评本，我收到了一位老乡的来信，他名叫约翰·法登拉池，奖励我几个德国马克和一枚私人勋章。

我心里明白："我失败了。"随后，我毅然决然地投身到堂哈辛托的买卖中去了。

六、伴舞的音乐

情况是这样的，我开始跟村里的名人建立友谊。我认识了小伙子佩德罗·吉他拉（西班牙语：吉他）和老人堂维奥隆（西班牙语：大提琴）。他俩是理发师兼放血医师梅林德斯的常客。

佩德罗的绰号之所以是"吉他"，是因为他很会弹吉他。堂维奥隆之所以被人们称作"大提琴"，是因为他老人家可以很娴熟地哼唱个不停。瑞典哲学家斯威登堡[①]忘掉了一座地狱，那就是有些人过日子的警句就是地狱。

"大提琴"是诗人，即兴诗人，是个聋子，不喜欢某些文学

① 斯威登堡（Emanuel Swedenborg，1688—1772），瑞典哲学家，认为"万物有灵，但只有上帝才能发现"。——译注

家。他和“吉他”都是夜间才露面的人，一句话，属于街头乐队。你们啊，是我的哥廷根大学的“眼镜”博士，是我的年轻人，蛋黄色头发、脸上带伤疤、面色红润的小伙子；你们没有见过如此神奇的场面，也没有和这种人打过交道吧。哦，你们要是能见见面就好了！哦，你们能看到“大提琴”和“吉他”盘腿而坐、大放厥词、哈哈大笑、连连咳嗽、骂不绝口、“吉他”在“大提琴”耳边吼叫、面对摇曳的烛光吼叫的样子就好了！此事发生在精明的梅林德斯杂乱的理发店里——墙壁贴了红色壁纸，所有的镜子都是破碎的，刮脸刀钝了——梅林德斯和几位理发师一边挥舞剪刀“咔咔”作响，一边吹口哨，吹一首通俗歌曲，这让顾客大吃苦头。

村镇外面在沉睡，村村如此。此情此景有许多人描写过了，我就不再赘述……沙滩过去，海水在唱歌，星光灿烂。（“祖国啊，你的天空无比灿烂辉煌！”）

关于那片新大陆，我受到的早期教育是如此博学的人们传授给我的啊！我的人生学问就是伴着理发师的剪刀声，在那漫漫长夜的欢声笑语中，在唱着歌，听着故事、笑话、黄色段子的叙述中，从那些有滋有味的话语里学到手的啊！

七、在家里

他名叫唐埃斯卡拉古特·德·南特雷！这个史诗里的名字充满了用重要人物命名的嘈杂声，里面有西拉诺的咒骂声，有罗兰多手持宝剑抽打岩石的喊叫声，还有法兰西某家高雅酒家使用的菜名。唐埃斯卡拉古特·德·南特雷啊！

他名叫唐埃斯卡拉古特·德·南特雷，听起来如雷贯耳。他说的是拉伯雷式的法语，属于巴洛克风格，充满幻想，古今结合，有银铃声和叮当声。

他每天早晨一瘸一拐地去喝牛奶，走在长长的防波堤上，朗诵啤酒仓库里创作的诗歌。我的上帝啊，读者，您听听吧！他每天去啤酒店，这是他喜欢的生活。酒家名叫“托纳拉酒店”。他经常这样反复对大家说：“朋友们啊，这里是我为诸位开设的托纳拉酒店。”

他高大、粗壮，是个帅小伙，母亲是个大美人，奶水足、身材高挑。①

唐埃斯卡拉古特把那些巨大的啤酒桶排列成行，望着他一一检阅自己大腹便便的部下，实在是天下一景：一一拧开桶上的龙头，品尝一下所有的酒液；最后，醉醺醺的样子充满了仁慈和人情味，如同中世纪我国乐善好施的修道士一样。随后，他摇摇晃晃地回到家门口，连连敲门。

里面问道：“谁呀？”

他用法语回答：“我是法兰西的荣耀，这名字有一千九百九十年的历史了。别固执了，开门吧！我告诉你，我是唐埃斯卡拉古

① 以上三段原文为法语。——译注

特阁下，刚刚检阅归来。”

他常常夜间来访，我们在货栈里接待他。大家坐在木箱上和一捆捆绸缎上，空气里漂浮着新纺织品植物染料的气味。堂娜贝阿特丽兹专心致志地阅读我对洛佩·德·维加戏剧作品的点评本，不参加我们的谈话。她的身影落到墙壁上，非常清晰、高雅，让我这个德国人心中充满明亮的月光、浪漫的情怀，爱上了她的身影，梦想着一两百年前年轻美貌的样子。堂哈辛托头戴帽子，衬衫是敞开的，在闪闪烁烁的烛光下收账，不知为什么他会有弗兰德肖像画上那种神气：小小的眼睛熠熠生辉，面庞、头发、稀疏的胡须都带上了明显的红色。他身旁是一颗巨人枪手的大脑袋——唐埃斯卡拉古特·德·南特雷。

唐埃斯卡拉古特正如他全名中说的那样，是南特雷人，正如中世纪民间传说的女英雄海诺威瓦那样，是“白色的浪花，欢笑的海水”，据说是最纯洁的处女，只有浪花和清泉才能用来形容她的姣好。关于那个古怪的“唐”字，唐埃斯卡拉古特试图解释为“父亲的遗传”（他父亲是法国亚眠市本笃会修士）。他常常在夜间给我们讲述他的家世。有时候，我还听堂哈辛托介绍店里来的新商品。

他们两位俯身看着柜台上刚刚进来的平纹细布，两张面孔增加了——伦勃朗艺术手法——绘出的货栈夜间聚会画面的美感。

我在做梦，我在受罪。我回想起诺瓦利斯那些诗歌，想起哥廷根的生活以及父母给我的礼物——一匹漂亮的小公马；我回想起那可怕的一天，那些人用中世纪的古拉丁语骂我，把我赶出了家门；我回想起自己那些悲惨至极的冒险活动，回想起我的美洲之行，回想起堂哈辛托对我的热情接待。我常想，我浪迹天涯，来到这里，来到这座名叫托纳拉的墨西哥城市，我的财富全都背在身上，如同身上长长的日耳曼姓氏（何塞·费德里戈·吉列尔莫·奥东·胡安·曼努埃尔·德·韦斯登塔普·苏登赫尔），还有我这颗一八三〇年的心……

为了掩饰这些想法，不让眼泪流出，我吹起短笛。突然，唐埃斯卡拉古特受祖传的舞蹈意识影响，跳起来，踏着舞步，唱起他唯一会唱的歌、那首大男孩的歌曲——“米尔里顿、米尔里顿、密尔泰纳”。与此同时，堂娜贝阿特丽兹用歌剧《不为报复的惩罚》的花腔、不大悦耳的声调唱起来了：

没我，没你，没上帝：
没上帝，正是我所愿；
没有我，因为我没你；
没你，因为没占有你。

堂哈辛托是个有耐心的人，满脸笑容地坐在柜台上，开始编造关于牙签的难题，准备刊登在报纸上，充当店铺的广告。

八、纪念

时间飞逝。哦，我的上帝啊，过去多少时间啦！堂哈辛托故去了。有人告诉我，老不死的堂娜贝阿特丽兹如今在墨西哥各处教堂门口出售圣物纪念品……堂娜贝阿特丽兹的身影依然那么美丽吗？

那么，唐埃斯卡拉古特呢？他怎么样了？想起来真是毛骨悚然啊！一天夜里，他把家里的酒尝了一遍，随后打算教授堂哈辛托舞剑、耍刀，后来不小心吞下一个开塞栓，当场就死了。好可怜的唐埃斯卡拉古特。我们把他的遗体装进了墨西哥蒙特雷出产的啤酒箱子里，那是他一周来零售的啤酒。我们盖上木箱，钉好钉子……太平洋的海水摇晃着他的遗体渐行渐远。唐埃斯卡拉古特就这样没了。

一些爱嚼舌头的人说，我和堂哈辛托因为分账不均把唐埃斯卡拉古特杀死在后院了。这是胡说八道！我不明白为什么阿雷威尔特喜欢这个时候给我提起这事，他还诡秘地挤挤眼睛呢。

过了几天，我们离开了托纳拉，前往科米坦①，拉着我们的布匹和杏仁，还有牙签……堂娜贝阿特丽兹高高地坐在车子的布匹堆上，随着车子的颠簸而摇晃。堂哈辛托坐在车夫的另外一侧。

① 科米坦，墨西哥城市。——译注

我骑着自己的母骡，与马车并驾齐驱。

但是，我要结束这篇纪念文章了。这个日耳曼老人，发财了，享福了，晚饭后围着火炉取暖，与此同时，旁边烘烤着外国产的栗子，他用火铲在炉灰上写字，给老婆、孩子讲述过去动听的故事。远处，旧农场的老鼠在走廊里窜来窜去。火苗摇来晃去，搅乱了我的回忆：时而是高雅身影的堂娜贝阿特丽兹，时而是精明能干、和蔼可亲的商人堂哈辛托，时而是帅气、史诗人物一样的、声如洪钟的唐埃斯卡拉古特，时而是我的短笛、我的生活、我的子女……孩子们啊，这一切都发生在芳香巧克力共和国里啊！我发誓：永远忠于老婆和孩子们，全身心投入那有益于健康和修身养性的梦里，为此很高兴能留给你们各位在雨天里消遣、娱乐用的一份回忆。

1912 年 3 月，墨西哥

改变了信仰的修士

——无声的对话

大幕刚刚落下，这是一个神奇的世界。观众七嘴八舌地争论着莎士比亚的剧作，头上是剧场的整体照明。克劳昊迪奥打算弥补他受到伤害的名誉。玛丽阿娜准备成为幸福的人儿。安海罗对往事感到后悔，试图爱上玛丽阿娜。埃斯卡洛盼望公爵大人能奖赏他多年的效力。那位团体领袖相信自己可以担任更加尊贵的职务，因为他有才干。公爵大人爱上了伊莎贝拉，后者已经克服了恐惧，前者已经做出了那正义之举。卢西奥说，只要不上绞架，就一定举行婚礼。刽子手在等待命令。小丑依然是小丑，傻气十足。奥维多那太太依然是媒婆。

佩德罗修士艰难地拽着醉鬼贝尔纳蒂诺，后者不肯跟着修士走。（贝尔纳蒂诺出生在波西米亚地区，在威尼斯长大，上学，蹲了九年监狱，现在又杀了人。通知他做忏悔和准备上绞架的时候，他不愿意走出监狱大门，因为“他害羞”，怕人家看到他的醉态。）

公爵大人对修士佩德罗说：

“修士啊，我把他交到你手上啦。你好好开导开导他吧！”

几位绅士和公民见证了一切，议论纷纷。后来，他们各自回家讲给老婆听。村里人都夸赞公爵大人的大恩大德。

远离剧场的地方，修士佩德罗走在月光照耀的街道上，拉着醉鬼贝尔纳蒂诺费力地前行。事先，他用修士服的绳索捆住了醉鬼的脖子，眼下他拖着醉鬼就像牵着一条狗。

修士佩德罗如同低能儿一样，脾气很坏。他一面拉着贝尔纳蒂诺走在孤寂的街道上，一面胡乱起誓；他咒骂那些没有把剧本写完的作家，咒骂剧本里出现的省略号，咒骂那位写到第五场就把剧本充当抵押品给了他（可怜的修士）的剧作家为什么写得那么缓慢和粗心；他想，随心所欲的写作是最糟糕的事情；幸亏是那位剧作家用看不见的线索调动着舞台上的运作。可是眼下，他和醉鬼被上帝扔到了这孤寂的街道上不知如何是好。

贝尔纳蒂诺如同一切精打细算的人一样，是个胆小鬼。他赞成佩德罗修士咒骂随心所欲的写作，可是他不敢开口……由于他生性多疑，胡思乱想，总是担心被绞死。由于脖子上套着绳索，他总是想象着自己是在绞架上，只是没有感觉而已。疑心的结果是他拒绝前进，原地跺脚。于是，佩德罗修士就不知疲倦地对他连踢带打。

修士和醉鬼很像中国皮影戏上的人物，沿着居民区走到城外。修士一肚子牢骚，结果一头扎进了郊外的旷野地里，不知道应该走哪条路。贝尔纳蒂诺如今喝醉了，不仅仅因为喝酒，更多的原因是这自由的空气、这些街道、这样的夜晚、这样的月光让他陶醉。

他俩消失在那座棚屋后面。不久，拐了一个弯，又出现了。修士已经把醉鬼的胳膊捆绑好了，免得他不肯走路。醉鬼一脚站立，另一只脚撑在路灯的柱子上。修士佩德罗拽呀，拽呀，结果把贝尔纳蒂诺的喉咙勒紧了，后者昏倒在地。

醉鬼死没死呢？身穿修士服的那个中国皮影人物慢慢靠近躺在地上的那个皮影身边，蹲下来，听听对方的心脏是否跳动。天晓得修士从什么地方掏出一瓶烧酒，倒在醉鬼太阳穴上几滴，又抹了几滴在酒鬼的额头上，再把烧酒灌入醉鬼张开的嘴巴里……

昏迷的家伙立刻苏醒过来了，仿佛有个奇怪的弹簧推了一下，他猛然坐了起来……修士心里闪过一条条街道、一排排黑乎乎的尖顶房屋，映衬着明亮的天空……他觉得自己又一次不停地拉着醉鬼行走在没有尽头的街道上……他心里突然冒出一股劲头——一股好斗的冲动，很想踏上有坡度的快速暴力之路，尽快处理掉眼前这个家伙。

片刻后，那个身穿修士服的皮影人物双手掐住醉鬼的脖子，醉鬼由于胳膊被紧紧捆住了，双脚蹬踹了几下，身体就慢慢僵硬了。

修士一屁股坐到地上，渐渐意识到这个被他杀的醉鬼让他放弃了原来的信仰，加入了邪教，对于自己的贸然行动不知如何是好。

莎士比亚也许是从月球上下来的，他像猫一样在斜面屋顶上爬行。他看看人间那场戏，掏出一个罗盘、一个指南针、一个测深锤、一个星盘以及其他一些奇奇怪怪的工具。他在屋顶的石板瓦上计算着，得出的结论是：这就是他在自己戏剧的最后一场戏里描绘的诸多线条中唯一的延长线。

1913 年

奴隶主们的角斗

——在竞技场上

埃涅阿斯[①]

（埃涅阿斯向奥德修斯[②]的身影走去。奥德修斯侧身躺在开满鲜花的草原上，在和别的人影闲聊开心。）

你这个能言善辩的家伙，你这个身体神奇般苍白的家伙，你这些特点我都不陌生。活在世界上的时候，你叫什么名字啊？

奥德修斯

我叫奥德修斯。诗人们说我是文明和工艺之父，吃苦耐劳，心灵手巧，精明能干……

埃涅阿斯

是你发明了诡计和骗人术[③]……

---

① 埃涅阿斯，古希腊神话中的战斗英雄。——译注
② 奥德修斯，古希腊神话中特洛伊战争的英雄。——译注
③ 指特洛伊木马计。——译注

奥德修斯

不错。雅典娜女神就常用我的骗术取乐。宙斯夸奖我的聪明才智。我的老家是伊萨卡[①]，我的父亲名叫拉埃特斯，我的儿子名叫特勒马克。我的老婆是珀涅罗珀，她的美德闻名遐迩。如今我是个无用的影子，类似雷声。我的整个一生就是回归。

（人影里有人提问。奥德修斯继续说道：）

对，就是回归故里。回到伊萨卡去，乘坐菲埃克斯人的船入海。两排船桨和谐地划动着，水手们唱着歌。与此同时，我这个耐心和精明的人却在反反复复回忆往事和思考希望，脑海里一一闪过：一次次战斗中的刀光剑影，一次次海上和陆地上的冒险活动，一次次经受的恐惧和疲劳；回想起损失的船只和牺牲的朋友们，风神装满狂风的皮囊，赫里奥斯的牛群，神女卡吕普索和她居住的岩洞以及悲伤的爱情生活，能言善辩的魔女基尔克以及她那致命的魅力和有魔力的眼神，诺西卡纯真的手臂很像神殿里的棕榈树（哦，她的父母、兄弟比她要走运得多啊），还有那位宽宏大量的阿尔西诺，他像神仙，手持尊贵的权杖，面带尊贵的表情……[②]

（奥德修斯在说话的同时，认真注意聊天的人影的动静。）

---

① 伊萨卡，希腊一岛屿。——译注

② 赫里奥斯、卡吕普索、基尔克、诺西卡、阿尔西诺，均为荷马史诗《奥德赛》中的人物。——译注

后来，我猜测，我的老家随着战争结束、和平的到来，日子一定好过起来了吧。父亲拉埃特斯以其正直、诚实的为人而闻名遐迩，我儿子特勒马克在完成对父亲的承诺，我妻子珀涅罗珀站在海边的岩石上，巍然屹立，目不转睛地望着神圣的大海……

一股睡意轻轻地压在我眼帘上，难以战胜，十分惬意，很像死亡……

奥德修斯这一席话在黑暗中无声无息地传播开来。其他的人影静静地倾听，好像发自内心一样与奥德修斯交流沟通。

埃涅阿斯伫立倾听，一手拄着长矛。一缕长短相宜的卷发加上连鬓胡构成了面部的边缘，头发是乱蓬蓬的，眼神是忠诚的，身躯干瘦、皮肤发黄，神情冷酷而神圣，令人想起意大利画家蒂西阿诺笔下的亚当。他像泥塑，像是巨神，但样子温顺，柔情似水。有些驼背，仿佛驮着重负。直到他开口之前，似乎始终在倾听。

奥德修斯则相反，似乎始终在讲话，直到最后才倾听。他膀大腰圆，皮肤白皙，神情安详，似乎坐着比站立还高。眨眨眼，动动嘴唇，挥舞双手，都是说服人的手段。落在后脑勺上的头发很像是风信子的花瓣。他说出来的话比起他的眼神更加令人信服。虽说如此，他在仔细观察动静。他总是知多言少，恰到好处的鼻梁均匀地分开了两边的眉毛，给人以超人的印象。他说话时右手来回摇晃，编织着试图说服别人的网络，“这是一张白天织起来晚上拆掉的网络”，是他从老婆那里学来的技艺。他转向埃涅阿斯继续说道。

你那驼背的样子欺骗不了我，我能把你给认出来。你就是埃涅阿斯。庞贝城的凉风让你显得像只猴子，背上驮着一只老朽的猴子，手里牵着一只小猴。自打你从特洛伊的战火逃离出来之后，身上扛着父亲这个口袋，你就变成了如今这副驼背的样子了。这就是各路神仙对你自我牺牲的奖赏，用足迹给你指出你神圣的使命，如同奖励劳动者时要让他们手上长出老茧一样。你就是埃涅阿斯。你那顺从的神情、习惯于听命各路神仙的样子欺骗不了我……

埃涅阿斯

……你总是习惯于按照各路神仙下达的无法解释的命令办事。而我的自豪之处恰恰在于：能够控制随心所欲产生的傲慢和偏见；还能强力打开我内心世界那扇神秘之门，让苍天交付的神秘使命破门而入。

奥德修斯

你一向过苦日子，很少有美好生活。你总是圣洁多于智慧。

埃涅阿斯

你刚好相反，尤利西斯[①]，你一向足智多谋。你不坐等机会的到来，你制造机会。你不坐等现实自己发生，你创造现实。一句话，你会到处骗人。

奥德修斯

不对。我是创造者。你总是等待主子的命令，是个了不起、令人难以捉摸、难以理解的侍者。你是个天生可怜的应声虫，不明白各路神仙是人类的公证员，是为人类的行为做证的，仅仅是在人类的决定书上盖盖公章而已。你啊，愚忠的埃涅阿斯……

（那些人影——没有活力的脑袋壳——又惊又喜，开始活跃起来了。）

……可我说什么了？你虔诚吗？你欺世盗名吗？你是那个罗马的假神父吗？你是不是假装给各路神仙充当卫士啊？是不是欺骗那些公主啊？

埃涅阿斯

难道你敢争夺罗马的父权地位吗？

（人影变成了学术讨论会，对上述两人的争论表现出极大的兴

---

① 尤利西斯，奥德修斯的别名。——译注

趣。草地上，一些影子坐着，另外一些影子双手支撑下巴趴着。）

在那毫无意义的咬文嚼字的比赛中，你真的没有白活。你三言两语就战胜了菲罗提奥斯的哭声。你用话语的绳索捆住了伊菲赫利娅，把她送上了祭坛，成为狄安娜月神的牺牲品。你想三言两语说服眼前这些人影，让他们相信你是我子女的父亲……但对于往事，就是各路神仙也没有能力推翻。论证抹不掉既成事实。我不懂得什么劝说术，但是我忠实地见证了自己的行为。神仙给了我神秘的力量，因此我能跟诗人一道呐喊："上帝啊，你信心十足，要把我带到何方啊？"我已经播下了罗马人的种子。报复希腊人对我侮辱（说我烧毁了特洛伊）的种族就出自我的老家尤罗村。我是罗慕洛的祖父，我是掌握军队和农夫的长老们的祖父，他们更适合管理百姓和为战争与和平确定常规，而不会开凿大理石、给木板上彩绘、讲故事。你可能在娘胎里就会诡辩。我给人间送去征服大军、农民队伍和城市建设者。人间的群山里响起七次雷鸣，为了寻找意大利、为了占领意大利而多次战斗，留下了七处伤疤：第一次是乘车，第二次是大火，第三次是撞上暗礁，第四、第五次是因为瘟疫和劳累，第六次是受了暗箭，第七次是各路神仙召见我的时候雷鸣闪电。中午的祈祷声中，人们会想起我的名字。要及时说服那些人影。我在人间比你重要多了。

奥德修斯

就算是诡辩家，就算你给我扣上种种帽子，那又怎么样呢？

埃涅阿斯，你冷静、冷静吧！打住你那滔滔不绝的演说吧！如今已经不用长句子说话了，不时髦啦。太过伤感的调子也不时兴了。

你要明白，咱们这是在人影里，不是狄多的地盘，这里不为苦人流泪。你乐意的话，咱们算算账吧，讲讲道理吧。那就可以知道谁输谁赢了。眼下听咱们讲话的人们，都认为咱们有理智。

埃涅阿斯

你想说什么就说出来吧。可是你别忘了，事实胜于雄辩。

奥德修斯

什么事实！什么雄辩！什么事实！什么雄辩！说话有动词才是主要的。学校的孩子作动词变位的时候，就是通过语言的力量创造和摧毁星星及轨道的。话是不能白说的，说话就是生存……不过，还是言归正传吧。

（人影纷纷落座，准备洗耳恭听。）

首先，你这个人面目不清，关于你的身份，人间流传着成千上万互相矛盾的说法。凡是有纪念你母亲阿芙洛狄忒女神——我崇拜她——的神殿里，人们都说你是跟着保护你的神仙，跟着你神圣的玩具来到世界上的，你已经为你的来日找到了尊贵的结局了。你的名字在整个沿海地区——基西拉岛[1]、扎金索斯岛[2]、莱夫卡斯岛[3]、亚克兴角[4]，都是跟你母亲的名字联系在一起的。各个地方都在企图保存你的骨灰，这些都是骗人的。凡是你周游过的地方都保存着关于你的传说，你独占鳌头，正如你是个优秀诗人一样，你的名字占据了整个海岸地区。而既然罗马人（我的民族）的历史是从记录罗慕洛和母狼奶娘的财富开始的，那么，你这个后来的暴发户为什么要闯入骄傲的罗马城里来呢？其实，道理很简单，你颠倒了计时器，推迟了时间，宣称自己是赫梅洛斯人的祖先。这对吗？这诚实吗？

埃涅阿斯

哦，你们啊，你们这些听众，别听他胡说。我知道他想说什么！别忘了我累了。请看看我身上的伤疤！看看我疲劳造成的驼背吧。有些事情我说不清楚，那有什么可奇怪的呢！难道各路神仙已经为我作了说明？天晓得神仙把我变成了什么样子。你们别相信奥德修斯的话。瞧瞧我满含热泪的眼睛中流露的真情

---

① 基西拉岛，位于希腊伯罗奔尼撒半岛和克里特岛之间的一座小岛。——编注

② 扎金索斯岛，位于希腊西岸的爱奥尼亚海，与希腊本土的伯罗奔尼撒半岛相望，是爱奥尼亚群岛中最靠南的一座大岛。——编注

③ 莱夫卡斯岛，希腊爱奥尼亚群岛北部的一个小岛，西临爱奥尼亚海，东隔海与希腊大陆相望。——编注

④ 亚克兴角，希腊阿卡纳尼亚北部海岬。——编注

吧。我是个神秘的玩具，确切地说，是一杆枪。你们别打算钻进这个秘密里来，是我拯救了我家乡的神仙们啊！我知道的自己全部秘密就是这么一些。我不能为神话学家所犯的错误负责，不论他们给我强加什么名字，我都不接受。我就知道我一无所知……我……

奥德修斯

安静！安静！争取同情，把责任推到神话学家的错误上，这是个不错的办法啊。一个像你这样温柔的歌手——虽说有些伤感——通过你的生平事迹，把流传在民间的各式各样的寓言故事整合在一起了，把你变成了神仙的救命恩人，这个任务太重了，你自己都没有闹明白。如果说是因为你背着老爹而变成了罗锅，那么你使出浑身力气背上那么多神仙就压弯了你的灵魂了。你是一位诗人的牺牲品，仅此而已。能有狄多那样的冒险，你就知足吧！他是采花贼，那样的冒险对你一人来说太过分啦。

埃涅阿斯

哦，狠心的家伙！你难道不是为了伊萨卡岛而抛弃了神女卡吕普索吗？咱们都是在一颗星星指引下的游客。追求全面正义、综合起来的公正，在个人痛苦的基础上，像完成我们使命的路线那样伸展开来。咱们的每个行动都有很多说不清楚的地方。唯一重要的是，咱们的生活整体上得到了说明。我在很多方面是说不清楚的……

奥德修斯

够了！你这个实用主义者，你这个不要灵魂和思想的家伙！这回我可了解你了。但是，既然你谈到整体上说明了生活，那你就试着先说明你的生活吧。说不清就道不明嘛。你是个忧郁、困惑、可疑、神秘的游客。我是地理勘察家，是科学家，冒险的事情无处不在。任何冒险都与著名的地方有关系，冒险发生在通向大海的各个门户，地中海的各个海峡。我自己就说过，我的目标是探查大海的脚步。为此，我遵循腓尼基航海家的智慧；我遵照他们的指示，从已知出发探求未知。我查过古籍《周游》，听老人们谈过历史。我从特洛伊出发，就是说离开达达尼尔海峡，根据几层意思，我开始游历希腊各个海区。但是，风暴突然降临到我所在的马勒亚海岬①和斯特雷斯岛，让我偏离了航线。风暴把我带到了洛托法戈伊人②居住的地方，那里的人出售水果，尤其是海枣，位于加贝斯或者杰尔巴岛③与突尼斯海岸形成的海峡，那地名恰恰就是“海枣之国”的意思。因为我早就了解那个地方，时间要早于查理大帝两千五百年（时间我能说得这么准确令人惊讶）。

---

① 马勒亚海岬，伯罗奔尼撒半岛东南部海岬。——编注

② 洛托法戈伊人，北非海岸部落。——编注

③ 杰尔巴岛，地中海加贝斯湾中的岛屿，现与突尼斯本土有海堤连接。——编注

我从那里转到“独眼巨人国”，他们不像人类，像山林。这些“山林人”会怒吼，会喷火，会愤怒，会把石块抛向天空，如今大家都明白了它们是意大利那不勒斯海湾的火山群。独眼巨人波吕斐摩斯的洞穴就在尼西达岛[①]和波西利波[②]形成的海峡上。女海妖们看守着索伦托和卡普利亚岛形成的海峡，卡律布狄斯和斯库拉[③]守卫着墨西拿海峡。烈火烧红的岩石出现在武尔卡内洛[④]和利帕里岛[⑤]形成的海峡。拿人类当成金枪鱼捕食的莱斯特律戈涅斯人[⑥]占据着乌尔索海角[⑦]，或者叫熊角，鸽子岩，以及博尼法乔海峡[⑧]的金枪鱼渔场。最后一位是神女卡吕普索（哎哟喂，又是这位神女），她居住在直布罗陀海峡，住在佩雷希尔岛上；菲奥西奥人住在科孚岛[⑨]；我的老家扼守着伊萨卡和塞法罗尼亚海峡。你已经看到了，这一切都说得明明白白，可以画在地图上。而相反地，你呢……

---

① 尼西达岛，位于意大利西南部，今属那不勒斯市。——编注

② 波西利波，意大利西南部的一个地区，濒临那不勒斯湾，今属那不勒斯市。——编注

③ 卡律布狄斯和斯库拉，她们分别是希腊神话中的海怪和女妖。——编注

④ 武尔卡内洛，意大利武尔卡诺岛北部的一个地区。——编注

⑤ 利帕里岛，意大利岛屿，位于西西里岛北侧。——编注

⑥ 莱斯特律戈涅斯人，一个野蛮的巨人部落。——编注

⑦ 乌尔索海角，位于今意大利南部莱切省，在莱切市以北约十公里处。——编注

⑧ 博尼法乔海峡，位于今法国东南部的地中海上，是法国科西嘉岛与意大利撒丁岛之间的海峡。——编注

⑨ 科孚岛，也称克基拉岛，希腊爱奥尼亚群岛的第二大岛屿。——编注

行啦，还是说说咱俩争论的要点吧！

就在你准备去拉维尼奥[1]的那段时间里，我已经离开了那座倒霉的喀耳刻岛[2]了，走在距离拉齐奥不远的地方。请记住，跟我在一起的是我儿子特勒马克，他出生在喀耳刻岛，后来罗马采用了他的名字，他是罗马的真正的父亲。

埃涅阿斯

对，能言善辩的奥德修斯。我很清楚你走过的地方，我也走过……可你总是在我后面呀。再说了，我儿子阿斯卡尼奥是赫梅洛斯人之父。在这一点上是没有不同看法的啊。

奥德修斯

可我出生的地方是拉维尼亚啊……

埃涅阿斯（很有尊严地）

奥德修斯，此事不值一提！你总是走在我后面，这就够了。如今我是个软弱的影子，我心中已经没了愤怒和激情，不像从前心中潜伏着复仇的雄鹰……我不想知道你那点儿事。罗马不是诞生在拉维尼亚。如果你乐意，你就面对这些人影自吹自擂吧！没

① 拉维尼奥，位于意大利西海岸，今属拉齐奥市。——编注

② 喀耳刻岛，传说奥德修斯乘船回家时经过此地，岛上住着三名塞壬海妖。——编注

用的。吹吧，你这个会勾引人的家伙。我还是为自己是罗马之父而自豪。

奥德修斯

这么说罗马不是诞生在拉维尼亚啦？那么你说准确点儿：你敢肯定你从特洛伊带出来的克瑞乌萨[①]之子就是你所说的那个阿斯卡尼奥吗？还是你后来在拉维尼亚才有的儿子？我有足够的理由怀疑你的话。

埃涅阿斯

不说这些陈芝麻烂谷子的事了！重要的是我带着我们的特洛伊诸神的圣像来到了拉维尼亚。罗马是从诸神那里诞生的啊！

奥德修斯

可怜的埃涅阿斯，你说的是哪些神仙啊？诗人荷马说，你是带着帕拉斯·雅典娜神像逃离罗马的。那么等你到了拉齐奥的时候，你身边的人可不是帕拉斯·雅典娜神像了，而是家庭保护神佩纳忒斯了，这是怎么一回事啊？大鼻子奥维德忘掉的变形，难道就是这个？宇宙没有颠倒，怎么各路神仙就能够允许如此性质的变形呢？莫非你走在路上的时候就跟一些商人做了交易，把帕

---

① 克瑞乌萨，希腊神话人物，雅典国王厄瑞克透斯与普拉西提亚之女。——编注

拉斯·雅典娜神像换成了佩纳忒斯了，就因为后者放在干粮堆上容易带走吗？你们这种做法就像孩子们交换玩具一样。另外，荷马不是给我们讲过吗？你创建的那座城市就在特洛伊的伊利翁附近。还有语法专家们为了尽量协调诗人之间的关系，不是推测你把儿子留在了拉维尼奥，后来你又回到了伊塔山老家，去创建另外一座城市吗？哦，你是无处不在啊！哦，你是到处撒尿吧！你这个神秘的骗子，你这个莫名其妙的使徒，你这个夸夸其谈的教士，你同时在欺骗多少人啊！尤其是，如果你打算让我们开心发笑，那你就讲一讲你是怎么样把神仙换来换去的吧！别装腔作势！直截了当，就用你那流氓腔说吧！

埃涅阿斯（万分痛心疾首地）

各路神仙啊，保佑我吧！保护我这个无知的人！保佑我吧，你们可是曾经把我当成你们的一只手使用的。你们那些神神秘秘的事情，我不加评判。保佑我吧！我仅仅知道我四处周游是因为创建城市的欲望悄悄驱使着我。我知道你们听见了我的呼喊，那时我在迦太基[①]，那是一座人口很多的城市。“正在建造城墙的人们有福了。”深刻的奥德修斯，这是硬道理啊！生活更深刻，更有力量。大神大仙可以做的事情，管它什么事实前后矛盾呢！

① 迦太基，腓尼基人在今突尼斯北方建立的城市。——译注

奥德修斯

你这个运气的宠儿，别绞尽脑汁啦！我来把你的历史澄清一下吧，虽然你打算说得神乎其神，其实毫无特别之处。你好好听我说。你们这些影子，也认真听一听吧。你逃离罗马的时候，你是身背父亲，手拉儿子。尽管诗人们没说，但是大家都明白，你老婆克瑞乌萨走在身后边，她负责带着帕拉斯·雅典娜神像——你已经没有地方可带她去了。但是，你老婆没有你们走得那么快。你和你儿子时不时地停下脚步等着你老婆追上来。与此同时大火在蔓延。咱们都知道这个故事的悲惨结局，克瑞乌萨落在后面了，越落越远了，追不上你们了。等到你回头寻找她的时候，她已经消失得无影无踪了。你那带着哭腔呼喊爱人的声音毫无用处地反复回荡在已成废墟的大街小巷上空，只有一个幽灵（回声）在回答你。如果大火吞噬了克瑞乌萨，那就是说帕拉斯·雅典娜神像最后也倒在灰烬里了。如果说特洛伊连同它的神仙都消失了，那么特洛伊和罗马之间还有什么亲戚关系？你是个精明老练的人，你从你的角度早就知道，为了在外人面前露脸和受到欢迎，你需要护身符，需要什么神圣的标签。你被迫行走在蛮族人中间，为了避免牺牲，你需要披上什么神圣使命的外衣。你自封是奥林匹斯大使。快走到推罗[①]人的地盘时，你担心死在他们手

① 推罗，古代腓尼基人的城市，在今黎巴嫩境内。——编注

里，就从第一个出来迎接你的亚洲商人手里买下了一些花花绿绿、色彩醒目的肖像画。你把这些肖像画挂在腰上和腿上，你把主教用的绸带缠在脑门子上，这样就在狄多女王[①]心里产生了敬畏之情。你对女王说："这是我从家乡带来的神仙，他们名叫佩纳忒斯。女王，你好好招待他们！你吩咐下人吧，好好安排我们住下来！给我们准备丰盛的饭菜！给我们准备好床铺！"

（人影里发出笑声。）

埃涅阿斯

我看出来了，这里的人对待别人的不幸只有嘲笑，对待神秘的事情只有嘲笑。哦，奥德修斯啊，我要让你胆战心惊！有些事情是不能挑明的。从这里你看不出那边是厄玛提翁[②]的身影吗？而厄玛提翁也可以参加这场辩论啊，因为他说狄俄墨德斯[③]派他从特洛伊来到这里，由他儿子罗莫陪同，而罗马就是从罗莫那里诞生的。对于死去的英雄们来说，没有什么能比回忆他们的丰功伟绩更令人愉快的了。因此啊，哦，奥德修斯，我邀请你……

（这时传来叽叽喳喳的声音，这是克维多[④]在说话。）

---

① 狄多女王，古迦太基的女王，迦太基城的建立者。——编注

② 厄玛提翁，厄俄斯和提托诺斯之子，被赫拉克勒斯所杀。——编注

③ 狄俄墨德斯，特洛伊战争中的英雄。——译注

④ 克维多（Francisco Gómez de Quevedo y Santibáñez Villegas，1580—1645），西班牙黄金世纪的文学大师，擅长讽刺挖苦，代表作有《梦》《骗子外传》等。——译注

你这个特洛伊的无赖，真是克服了千难万险才来到这里的，险些饿死和冻死呀！你还真是虔诚的，起初我还以为你是个口无遮拦的毛头小子呢。

（众人大笑。奥德修斯起身鼓掌。但是时间到了，因为忽然传来了费奈隆[①]深沉的声音。）

卡吕普索对于奥德修斯的离去无法释怀。她心里难过，对于自己的不死感到不幸。她的山洞……[②]

奥德修斯

（双手捂住耳朵，口里发出：）

啊哦啦啦啊哦啦啦！

（笑声响成一片。两人的争论无法进行下去了。）

1910 年 5 月，墨西哥

① 费奈隆（François Fénelon，1651—1715），法兰西天主教大主教，神秘主义神学家，文学家。——译注

② 这一段原文为法语。——译注

大火余烬

——从火灾里抢救出来的一部手稿片段

一

由于大火通明，全城突然亮堂起来了，如同亚历山大献给希腊—埃及神塞拉皮斯的那些夜晚一样。凡是看到此情此景的人都会跟着塔西奥[1]一道叫喊起来："天啊！咱们输了！"

就在房屋、宫殿、谷仓纷纷化作灰烬和冒出浓烟的同时，强风袭来，把灰烬吹向大海。妇女的披巾被强行从肩膀上抢走，头发被强风吹得散开。老人们惊讶得丢掉了手中的拐杖。瞎子领路人丢下了瞎子，后者摇摇晃晃不知所措。街道上的一切陷入混乱。

强风拨动着"火盆"里的余火，按住树木的脖子朝着大海的方向倾斜，树叶发出"哗哗"的声音。强风用自己的翅膀席卷了一切轻飘飘的东西，然后丢进远方的海水里。谷物逃出了谷仓，变成了红色的马蜂，稀里哗啦地淹死在大海里。如同居民奔向海

① 塔西奥，传说中的古罗马国王。——译注

滩去找船只或者躲避火焰一样，似乎由于陆地惨遭火灾，整座城市也向大海的方向倾斜，想是用海水灭火吧。

几天后，有个外乡人满脸疲惫地走到旁边一座城市的一户人家门前，停下脚步，喘喘气，一面打听一位先生是否在家，一面从怀里小心翼翼地掏出一个纸卷。

二

“埃尔·卡尔沃问候马力欧·特奥多罗：

“我的朋友和兄弟啊，周围全是风、烟火和灰烬，全是强风。我在给你写这封信的同时，大火把房屋、宫殿和谷仓化成了灰烬，冒出了浓烟。强风用它的翅膀席卷了一切轻飘飘的东西，丢进了大海。妇女们的披巾突然被刮走，头发被吹得凌乱不堪。如果你要说话，没人能听见，因为话音被风儿撕碎、搅乱。谷物纷纷逃离倒塌的谷仓，嗡嗡叫着飘落到海水里，很像红宝石雨丝。全体居民向海滩跑去。由于强风席卷万物奔向大海，整座城市似乎也要逃离陆地，挥舞着火旗扑向海水。

“这就是那座古城啊，它是儿女们的骄傲！这就是那座设备齐全的港口啊！我的朋友和兄弟啊，大风，全都是大风！

“储存和出售我写的书的那家书店，现在完全成了高高的废物堆。天晓得书店老板是不是在闪电雷鸣中被旋风卷走了呢？会不会双手抓住房梁、全身躺在日常的吊床上正在天上飞翔呢！眼瞅着人间万物是如此脆弱和短暂，真让我开眼界啊！这让我回想起成百上千的文学作品不厌其烦地谈及的人间荣誉竟然如此迅速地逝去，真真令人扼腕叹息啊！《圣经》上的话就要兑现了啊！‘男人还在做发财梦，可是醒来两手空空。’这里就是特洛伊啊，这里就是意大利啊！

“鉴于我确信自己的名字与我的著作刚刚灰飞烟灭，既然命运安排风向不把大火吹向我的住宅，那么我决定给你写一封长信，以便保存我的记忆，虽然这样做可能有悖于古人的誓言，古人云：左手空拳，不得握紧书简。

“这封信写给你，因为你住在热闹的书院里，你在自己的蜂巢里酿造香气扑鼻的蜂蜜（学问之蜜），为的是明天年轻学子在登记你的文案时，可以发现关于我的生平消息。”

“我的生活似乎起源于我的想象力。有时，它犹如谜语；有时，它像噩梦；但总是像蹩脚小说家的编造，作品里会有痉挛和跳跃。

“咱们先引用童话大师安徒生的话吧。只有出身高贵的人才会引用安徒生的话呢。

“他说：‘我从父亲那里继承了最好的财富——幽默。我父亲是谁？这个问题与幽默无关。我就告诉你，我父亲像个发亮的球。’虽然按照蒙多内多地区大主教的话，‘哪怕是个子很矮小的矮子，也会生气的’，但到目前为止，我不生气，仅仅会成为让别人生气的原因。我是唯一至今还在坚持别人抛弃的看法的人。

“的确，我很矮。有一双招风耳，广泛接收杂音。我的脑壳是圆锥形，已经完全秃顶。讲究用亚历山大体写诗的诗人们，为了锻炼自己的修辞本事，以女王艾斯特罗多利卡的头发为题作诗，因为女王陛下是秃头。我也为自己的头发写诗一首：

感官快乐是无用的幻想，
自由想象的价值毫无价值。
找到了自己寻寻觅觅的东西，
自然会高高兴兴地把玩不已，
但是找到的东西不会永久，
永恒的将来才会到来人世。

人们总是怀抱着快乐的希望！
或者总是怀抱着欢喜的幻想！
手里掌握的永远赶不上未来的
未来之后总是有永远的希望！

拿到手的赶不上黄灿灿的
金羊毛勋章，
头上有的赶不上希望的头发
或者赶不上想象中的金发。

“无论诗人辛奈西斯[1]还是著名的修士乌巴尔多·艾诺嫩修都不愿意拿出好诗赞美秃头，虽说后者写了一百三十六首关于头发的诗歌，而且每个单词都由字母‘c’打头。”

“你应该知道啊，我是住在老城区里的，距离大海最远的地方，是平民区。从我家窗户可以钻进来吵吵嚷嚷的士兵、不规矩的女商贩、争相叫卖的男货郎、天晓得从哪里冒出来的野孩子们的欢声笑语。

“这样与‘活生生的人们’摩擦对我有用，我学会了平民区的种种警句格言以及外来送‘活水’者的嬉笑怒骂。我不是研究，而是实践我的人文科学和经典著作知识。对于我那些爱好文学的朋友来说，我成了一种上帝安排、不可避免的灾难。但是，大家都一致认为，我写的喜剧可以在学校里朗诵，propter elegantiam sermonis（拉丁文：因为是高雅的演说）。”

“我的童年嘛……我有童年吗？难道我一度还是个孩子吗？我仿佛看到了一座半明半暗的书房，里面摆放着一架闪光的望远镜，大概是天文望远镜吧。书房旁边是一间光线不大好的客厅，那是家里最神圣的地方。我父亲，天文学家；我母亲，贤妻良母，在客厅里接待女士们和先生们。一名男仆端着托盘进来了，走起路来有些发抖。盘

---

① 辛奈西斯（Synesius，约 373—414），或指托珞麦斯主教（Bishop of Ptolomais）。——编注

子上有个小酒杯倒下了，红酒流到了地毯上。我呢，坐在客厅的角落里——烦得要命——目光望着别处，不想知道母亲脸上的表情……

“如此日复一日又一日。我坐在角落的椅子上，视而不见，听而不闻，摇晃着双腿，因为坐着，脚丫子还够不着地面呢。

“终于有一天，我发现双脚可以着地了，我就永远告别了那把椅子，逃离了那令人备受折磨的客厅，开始到处乱跑，最后撞上了鸡窝。从此后，没人能把我从鸡窝边上拉开，望着那些可怜的小鸡，我心痛，从此养成了讨厌人类的毛病。”

“我的青年时代嘛……我那也算是青年时代吗？也许你看过歌德的《威廉·麦斯特的学习时代》。你回忆一下，就能看到我的青年时代了。某处森林里有座废弃的大木屋。有个大书柜。两处读经台上各有一本书。我在一处。有个疯女子在另外一处，她叫什么“费丽娜”（小说人物）；有个光头“马依”（书名）；有生活的新鲜事，满嘴的亲吻和笑声。我在我的读经台上看了一页我的书。她在她的读经台上看了一页她的书之后继续看书。各自考虑自己的图书和游戏，也考虑各自的喜事和忧愁。我一只手上有吊腕带。躺椅上有一把宝剑。马依哈哈大笑……

“有一天，我揪住她的双耳，吻她的前额，仿佛抓住一个双耳罐。

“‘你用这种方式吻我，我是男孩吗？’

“于是，吵架，哭闹起来；一把椅子倒下的噼啪声；一下突然摔门的声音……费丽娜再也不回来了。——这个爱丽莎·阿德莱德实在太讨人厌了。我一直在说她：

"'爱丽莎，你生下来就是让人讨厌的。'"

"我在这儿像个乡村神父那样把自己关闭在自己的老区里。我们老区与新区十分敌对。有一天，我翻阅档案，证实了早在原始社会就有人企图把这里一座废弃教堂的木制圣像（被虫蛀坏了）运到新区；我还发现圣像自己下地离开了运输的木架，要回到老地方去。我把自己的资料和研究成果卖给了公共图书馆。有位学者撰写了一篇很长、很有说服力的回忆文章，他很勇敢地把我夸奖了一下，尽管有所保留，说我是'被郊区水雾模糊了的一面明镜'。这位聪明的学者不相信什么奇迹，但是老城区与我同在啊！有一天早晨我醒来的时候发现窗台上站满了鸽子。我险些哭了。

"有位传教士为了坚持奇迹的真实性和企图逼我回到良好风气的环境里去，做了一次布道，他说：'本地文化的抢救者不应该活得像狼一样。'

"从那以后，我就成了小区的英雄以及类似教区神父的角色了。"

"那天夜里（因为我需要当着大家的面作一番说明）众人杂乱无章、七嘴八舌地说了我一通。你是知道的，我绝对不能容忍亵渎神明。自从我第三任妻子去世后，我就变得有些滑头滑脑了，患得患失啊。什么人能有国民警卫队队长那样的勇气啦，什么时候会像白马旅馆老板那样掉下槽牙啦等等，天晓得！

“那时候我们大家住在中心广场旁边的客栈里，平时店里为来赶考的主顾准备了酒菜。主持考试的人是个爱唠叨的博学之士，名叫卡斯特罗莫丘，属于那种很懂得用新坛装老酒的人。他身边总是围着一群朋友。吃饱喝足之后，有个人问他：

“‘卡斯特罗莫丘，请您告诉我，别人也听听这个问题吧，世界上哪种花草最干净啊？’

“有人说，是白百合花。有人说，是康乃馨花。有人说，是菖蒲。各说各的理由。

“卡斯特罗莫丘挥挥手，请大家安静下来，他说：‘都不对！认输吧！你们应该知道，世界上最干净的花草是荨麻啊！因为别的花草，你们可以随心所欲地使用，随便拿在手里，想带到哪里就带到哪里。可是，对待荨麻没有这种可能，因为它会保护自己啊！’

“大家表示同意。卡斯特罗莫丘要求，再拿酒来！众人又喝下一瓶冷饮，真是纯净水，这从大家温柔的眼神里可以看出来。

“后来，有人建议：

“‘卡斯特罗莫丘，请您说说，灵魂出窍后会到哪里去呀？’

“卡斯特罗莫丘请大家先发表意见，他最后发言。于是，有人说，灵魂上天堂。有人说，会下地狱。有人说，会去涤罪所。总之，根据个人表现而定。

“卡斯特罗莫丘说：

“‘不对！灵魂出窍后直奔西班牙加利西亚地区的圣地亚哥[①]，除非死者是个食品仓库的保管员。’

“众人问，为什么呀？

……（手稿到此中断，真真遗憾啊！）

① 圣地亚哥，使徒雅各埋葬之地。——译注

东方之星

一

美洲浪漫主义的晚期有些词汇是从护身符的威信中学来的。有人说，百合花会引起混乱。开花之夜的氛围会引起混乱。

按照这个词义，我认识一位“会引起混乱”的男子。无论他说话还是沉默，或沉思，都会引起混乱；随时随地都会引起混乱；无论他动或静，都会引起混乱；无论开玩笑还是真正经，都会引起混乱。

他身上有一股奇怪的混合物，战胜一切的力量和令人昏昏欲睡的忧伤。他的心胸如同广漠平原一直伸向远方，带着一声内心的叹息和从朦胧的地平线传来的回音。只是回音中缺少激情火焰用紫色的影子映衬出来的深奥和洞察力。他如同一泓安逸的湖水。明亮的眼睛里没有不满。生活对他而言似乎仅仅是远方的一声呻吟。他动感情，但不颤抖，也不流泪。

我认识他的时候，他喜欢回忆自己的童年生活。他能像希腊人或者爱尔兰人那样即兴编造故事。他从来没有显露过能言善辩的棱角。他总是用温文尔雅把这些棱角包裹起来，装入想象力绝妙的闪光中。

在友人中，我们称他为“东方之星”（他本人不知道），这样就明确定义了他那罕见和明亮的心胸。

二

哎呀！在那样的生存背景下，像在磁力板一样，有一幅荒山野岭的画面，在北美荒原的阳光和尘埃之间，显现出孤寂和贫困生活的景象。

我从他那零零碎碎的回忆片段里勉强保存下来寥寥几个画面：

童年的一天，他乘坐木筏漂游在一片湖水上，感觉自己像个冒险家，随身携带了早餐、午餐和饭后点心。与此同时，他父亲（是军人）站在岸上，手持军用望远镜注视着儿子的动静。

又有一天，是在一个孩子（是他朋友？是他弟弟？）的葬礼上，一位身穿丧服的母亲，悲痛欲绝，哭得两眼发红。有个人突然把一盏蜡烛台摔到了那个死去孩子的前额上。那位母亲伸出双臂高喊道：“有人在杀害我儿子啊！”

这是“东方之星”讲述的故事。随后，他走到窗户旁边，看看大风如何席卷枯叶，说道：

“主啊！想想吧！人们不再书写开心的著作了！”

三

我们建立友谊的初期，每个夜晚都会看到他倚靠在未婚妻家的栅栏上。在他眼里，我们是一种典型，是友谊的诺言多于实际的友谊。他接近我们是抱有一丝希望的，离开我们似乎十分忧虑。与我们交往的原因对他还有些毒化作用，好像是种了精神疫苗之后的早期反应。我们感觉到他把心分给了未婚妻和我们，每个夜晚他都从未婚妻家的栅栏处浪漫地向我们打招呼，用很有抱负的眼神望着我们走远。

有一天，他消失了。我们去栅栏门找他。门关着呢。分析了种种情况后，我们方才明白："东方之星"（已经结婚了）在美国。知道他在美国某座可怜的城市里当领事馆的助理。他充当杂役，打扫办公室，黎明起床上街洒水，给老领事采买烟草。

他过的是一种隐居生活，有着严肃认真的思想追求，因为他像一个禁欲、坚韧、淡泊名利的奴隶，双手推车奋力前进，但是精神上要完全自由、宝贵的自由。时间就这样流逝了：每天要花点儿时间想想祖国可能还在的朋友们，每天还要花点儿时间去做领事馆那些琐碎事情，每天还要花点儿时间爱抚一下儿子，每天还要花点儿时间去跟说一口地道黑话的大舅子打打扑克，还要跟老丈人——一位游手好闲的名人聊聊天。

老丈人的名字很短，是英国人，金发，瘦高，纽扣上常常插着一朵鲜花。他是一个社交俱乐部的成员，那个圈子在精神上支持英国占据海上支配地位。这位充满青春活力的人物，那时大约六十岁。几乎看不出他有老态，时不时地总会有扔在长沙发上的什么杂志，显示出他在地球上的脚步。

“东方之星”在自己的住所里处于忙碌状态。由于他动手能力很强，这让人回想起早在墨西哥维拉克鲁斯的时候，他就是个会办事的机灵鬼；还让我想起后来他上了大学，攻读的是数学和物理，他能掩饰自己的思想，不让美国房客们知道，却能让美国佬宽恕他的过失，从而把大量的时间投入到有利于集体的体力劳动中。他修理住所的电气设备，上锁，拆锁，安装图画，拆卸和组装床铺。他习惯于整天穿着衬衫加背带裤，手里拿着某种东西，水桶、扫把、锤子，或者改锥。

四

但是，甘于贫困是作孽，“东方之星”逐渐消磨在自己制造的谦卑泡沫里了。他也曾经想改善生活……没有用啊！人们已经看惯了他身穿工作服的样子。也许“东方之星”生下来是应该被宠爱的，可是由于他动手能力太强了，结果是他处处宠爱着大家。

他回了一趟老家，行色匆匆，渴望回家。我们连忙为他腾地方……可是他又一次消失不见了。一种周期性的厄运牵着他走，如同牵着那位每隔几天就会损失一匹骏马的游侠骑士。他心灰意冷，等待那可怕死期的到来。

这一次旅行，他要去北方很远的地方，那是一座令人感到孤独和烦闷的寒冷城市。大家有必要知道这座城市的名字，美国的奥罗诺。经几位朋友的推荐，奥罗诺大学面对几位西班牙语教师的强烈要求，聘请“东方之星”为教授。

他下榻的地方好像是大学的破旧俱乐部。老师们觉得寒冷时，俱乐部的住户们就邀请他们去厨房取暖，那里还有留声机放出来的音乐可以享受。如果口渴，就邀请老师们喝糖水。有几位老师，在闲聊的同时，养成了用小刀削尖木棍的习惯。这种事情只能发生在北方非常寒冷的乡村，连俄国的疯人院里都不会有。这里有一些善良、乐于助人的先生给一些健康、天真、身体粗壮的小伙子讲授大学课程。

这时，“东方之星”在厨房的角落里，眼睛闪亮地望着大家。可怜的星星啊，他被上帝遗忘在锅碗瓢盆中间了。“东方之星”消失了，消失了。而……

五

你看见没有？看见没有？离开这里吧！看见那个染金发的人没有？你没认出他来吗？就是那个要唱流行歌曲的人，那个……不对，若他不是法国人的话，还能是什么人啊！你不记得他啦？快跑吧！离开这里！多么令人伤心的故事啊！将来我说给你听。你瞧，他换上了衬衣，要唱歌了。咱们快跑吧……

1913 年

走失的女王

一

从我被他们赶出俱乐部的那天起，我就患上了失眠症。我不大习惯深夜读书，有图书做伴让我觉得不舒服。对于雄心勃勃的男子汉来说，女人会是一种庸俗的安慰；对于像我这样不大喜欢卿卿我我、色欲缠绵的男人来说，更是觉得庸俗。葡萄酒让我的孤独感变得更加无助，上街看戏会让我连续几天头疼。结果，我总是在家一人独处。

从窗户向外望去（是一片空地），我常常拿计算瓦斯灯的数目取乐，猜猜灯里的秘密、欢乐和痛苦。有些瓦斯灯不停地忽闪，像蝴蝶的翅膀一开一合。有些瓦斯灯长时间、一成不变地吱吱叫唤。有些瓦斯灯不说为什么就突然熄灭了，在刺槐之间搭起一张黑乎乎的吊床。

从阳台远眺，我看到了一座白色的宫殿，像是无人居住。宫殿紧闭，一片宁静，玻璃窗暧昧地折射出星星的闪光。

夜游神呼唤更夫的拍掌声吓了我一跳，但是也让我激动一下，这有人陪伴的感觉让我稍稍有些放松。开锁的声音，几道门的吱吱嘎嘎声，完全占据了我的心头。这个钟点甚至可以听见昆虫的脚步声，飞蛾在黑暗中伸展鞘翅的声音，一片小小葱头叶子的开裂声，气泡和碎屑的对话声。

每个月我都会贴在玻璃窗上，几乎像蜘蛛系在网上一样（我感觉自己的生命已经缩小到一根网丝上了），望着那金牌一样的月亮在地平线上跳动。

二

你们不会像我一样玩星座游戏。这游戏不需要伙伴，不需要身穿礼服、短裤的侍者伺候，不需要烛台增加镜子的亮度，不需要绿色的挂毯，什么都不需要。只需要地上有一双睁开的眼睛，天上有许许多多星星。

请下注吧！

——我下十个银币，赌一赌毕宿五（金牛座一等星）现在出来。

毕宿五没有出来。出来的是牧夫星座。

请下注吧！

——五百比塞塔，下七个木星团！一千比塞塔，下圣塔露西亚的眼睛！我下四千，仙后星座！

最后，我欠老天爷一大笔钱，我觉得月亮用半秒钟的时间就扫光了天上所有的金币。可是有一天，我赢了，赢了一等的大熊星座、蝎子星座、猎户星座以及许许多多一等星座。其中就有启明星座。新月来了，这只不起眼的手鬼鬼祟祟地滑过苍穹，像是窃贼。公鸡及时报晓，我们大家都安全了。

三

可是那位女王呢！那位走失的女王呢！谁从我手中把她抢走了？需要解释和道歉的不该是我，不是。（也许镜子看得明白吧。）不是我放走了女王啊。

我把她牢牢记在心上，那走失是我的耻辱啊。

有两套完整的纸牌游戏：一种是法国的，一种是西班牙的。百分之百肯定，我可以赌命。钱赌光了，我把金表和金链扣押在桌子上。凭借我常有的迷信思想，我选择了同色的，理由我心知肚明：金币花嘛，是资本家的；梅花嘛，是属于平民的；红桃属于工厂主；剑花属于军人。现在大王来了：大卫、所罗门、亚历山大、查理大帝……现在是女王：尼诺、埃及女王克娄巴特拉……

我停下来了，欣喜若狂：剑花王出现了——我向你们保证，千真万确啊！——他面对着我，背对着乌尔基霍（又要了一瓶香槟酒），浑身闪亮，紧身的锁子甲咔咔响，手持十字架形的宝剑，佩戴护手甲，气质高贵，有银丝，胡须浓密，神情高傲中带着些许嘲弄。他动作坚决，一把抢走了一张我们的法兰西女王牌……

那张女王牌可是我的未婚妻啊！是我最最喜欢的女王！

天上所有的星星都威胁着我也没用；夜里的鬼怪都出来跟踪我，也没用。因为我绝对不会说出未婚妻的名字，那可是走失女王的姓名啊！

1914 年